文春文庫

飛雲のごとく

あさのあつこ

文藝春秋

飛雲のごとく　目次

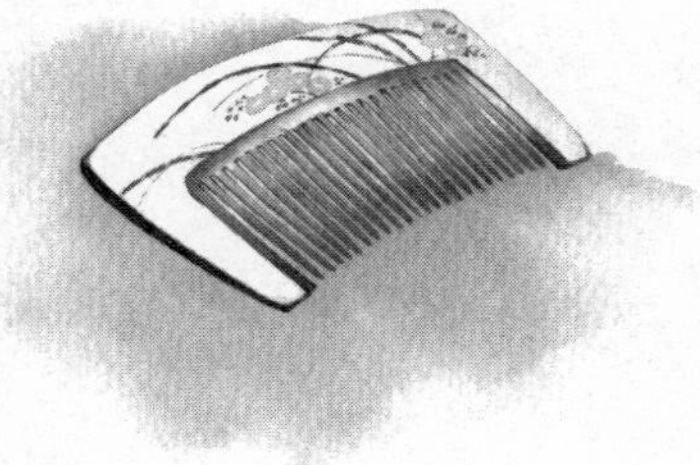

装画　柴田純与

飛雲のごとく

主な登場人物

新里林弥……………新里家の次男。元服をし、当主となる。七緒に想いを寄せている。

七緒…………………林弥の兄・結之丞の妻。四年前に亡くなった結之丞を想い続ける。

都勢…………………林弥の母。夫亡きあと、新里家を守る。

みね…………………新里家に仕える女中。新里家の人々を陰から支える。

樫井透馬……………林弥の親友。結之丞の弟子で、稀代の遣い手。二年前に江戸に発つ。

山坂和次郎…………林弥の道場仲間。病弱の父に代わり普請方勤めをする。

絹江…………………七緒の兄・生田清十郎の妻。清十郎亡きあと、子を連れて実家に戻る。

梶……………………舟入町の遊女。七緒とよく似ていて、林弥の気になる存在。

樫井信右衛門憲継……小舞藩筆頭家老。透馬の父。

小和田正近…………小舞藩元大目付。林弥が元服をした際、烏帽子親をつとめる。

一 祝い日

昨日までの凍《い》てつきは幻だったか、とさえ思う。

それほど、うららかな日差しだった。

空は紺碧《こんぺき》とよぶのだろうか、青が深く黒みがかって見える。一朶《いちだ》の雲がその碧空《へきくう》を西から東へと過《よぎ》っていく。

月の初めに降りた霜にやられ、庭の白菊の一群れが枯れた。光の中で微《かす》かに色を留めている小花が、健気《けなげ》にも哀れにも目に映る。

穏やかで、美しい冬の昼下がりだった。

ぱさり。

髪が落ちた。

剃刀の冷ややかさが直に伝わってくる。

新里林弥《にいざとりんや》は、閉じていた瞼《まぶた》を上げた。

義姉の七緒《ななお》が立ち上がり、林弥の背後に回る。それまで、そこにいた人物が満足げにため息を吐いた。

「ふむ。なかなかに凛々《りり》しい。よい男っぷりではないか」

七緒が手際よく林弥の髷《まげ》を整える。その様に目を細め、口元を綻《ほころ》ばせた。好々爺《こうこうや》そのものの笑顔だ。

「これで大任を果たせた。肩の荷が下りたぞ」

「小和田《おわだ》さまのおかげをもちまして、元服の儀を滞《とどこお》りなく終えることができました。御礼、申し上げます」

母の都勢《とせ》が、七緒が、そして林弥も深々と頭を下げた。下げられた相手、小舞《おまい》藩元大目付小和田正近《まさちか》は表情を引き締め一礼を返す。

「今日は、新里家にとってまことにめでたい一日となり申した。心底《しんてい》よりお祝いいたしまする」

「小和田さまが烏帽子親《えぼしおや》をお引き受けくだされたればこその祝儀。まことにありがたく存じます」

都勢がさらに、頭を低くする。

正近は軽く手を振り、身を乗り出した。

「都勢どの、もうこのあたりでよろしかろう」

「は？」

「堅苦しい挨拶はここでお仕舞にいたそう。このところ年のせいか、四角張った挨拶が続くと肩やら腰やらが張って、張って。ほれ、この通りの有り様で……」

　正近が腕を回そうとするが、肩の前で動かなくなる。

「ここから後ろに行かぬようになってのう」

「まあ小和田さまもでございますか」

「と言われると、都勢どのもか」

「はい。肘《ひじ》も膝《ひざ》も心許なく、我ながらぎごちない思いがいたします。これから冷え込むと痛みまで出て参りまして……、情けないやら辛いやら、つくづく老いを感じてしまいます。あら」

　そこで、都勢は口元を覆《おお》った。

「このように愚痴《ぐち》っぽくなりましたのも、老いの証《あかし》でございましょうか。身体が弱りますと、心持ちまで情けなくなるものですねえ」

「然《しか》り、然り。それがしなど、この秋口、庭いじりの最中に敷石に躓《つまず》きましてな。何とか転倒は免れたものの、腰をやられて三日も寝込む始末。これでも若きころは健脚を謳《うた》われ、五里や六里なら難なく駆け通せたものを……。あのときばかりは、我が身の老いを突き付けられた心地がして、ついつい嘆息を漏らしては涙にくれる日々でござった。まさに、老いの背中には愚痴と嘆きがくっついておるもののようでござるよ」

「まあ、それは難儀でございましたねえ。でも、涙にくれるのは、小和田さまにはまだまだ早うございましょう。お見かけも溌剌《はつらつ》として、ご無礼ながらお年よりよほど若くておられます」

都勢が艶やかに微笑む。正近の頰に赤みが差した。

「いや、都勢どのにそう言われると天にも昇る心持ちがいたすな。なるほど、麗《うるわ》しい女人の世辞に胸がときめくとは、それがしもまだまだ枯れ切ってはおらぬようだ」

かかと正近が大笑する。声には張りがあり、よく響き、老いとも病とも無縁に思えた。

「まあ、しかし我らの老い談義はよしとして、まずは若い者の行く末を言祝《ことほ》がねばなりますまい。のう、林弥」

正近の視線が林弥に注がれる。真顔だった。一寸前の笑いは声にも面《おもて》にも、正近のどこにも残っていない。

「はっ」

「そなたも年が明ければ十七だ。決して、早すぎる元服ではない」

「はい」

「これからは、名実ともに新里家の当主として、家を背負っていかねばならぬ。その覚悟はできておろうな」

「はい。若輩《じゃくはい》の身ながら精一杯努める所存にございます」

儀礼的な返答ではなかった。

前髪を落とし、月代《さかやき》を剃った。形としてはそれだけだ。親類縁者を呼ぶわけでもなく、派手派手しく披露するわけでもない。

林弥自身と都勢と七緒。それに、烏帽子親の正近の四人だけしか座敷にはいなかった。簡略な上にも簡略な儀式だったのだ。

それでも、これまでとこれからの林弥の道は、大きく異なってくる。まるで別のものになると言っても過言ではあるまい。道が変わる。その節目に今、自分は立っているのだ。覚悟しないでどうする。

この日のために、ここからの日々のために励んできたというのに。

「……あれから何年が経《た》つかのう」

不意に、正近の口調が湿った。

湿り気を帯びて重くなる。

あれから何年が経つ。あれから……。

「四年が過ぎました」

七緒が答えた。

「四年か」

「はい。林弥どのはまだ、十二歳でございました」

七緒が横を向く。眼差しの先には庭があり、枯れ残った小さな菊が光に塗《まみ》れていた。

白い小菊は、兄の好きな花だった。そのことに、林弥はやっと思い至った。七緒が新里家に嫁いでくると決まった日の翌日だったか、翌々日だったか、兄は一株の小菊を購《あがな》い、庭に植えたのだ。

忘れていた。

思い出した。

菊ではない。白百合だ。

七緒に初めて出逢ったとき、強く感じた。

兄上この方は、菊ではなく百合の花ではありませぬか。

胸の内で呟《つぶや》いたことも思い出した。

七緒はまだ小菊を見詰めている。

そなたのために植えたのだと、兄は伝えたのだろうか。七緒は花を摘む夫の幻を見ているのだろうか。幻をみるほどにまだ、囚《とら》われているのだろうか。

あれから、四年が経つ。

「この先、そなたは当主として、新里結之丞《ゆいのじょう》を名乗ることになる」

正近が告げた。

七緒の視線が戻ってくる。都勢は深く息を吐いた。林弥もまた、一息を深く吸い、吐き出していた。

「小和田さま、その件はしばらくご猶予《ゆうよ》ください」

林弥の返事に、正近の眉が吊り上がった。

「結之丞を名乗らぬと申すのか。それは許されまい。新里家の当主が代々受け継ぐ名であるぞ」

「名乗らぬとは申しません。しかし、今のわたしにはまだ尚早《しょうそう》にございます。結之丞は新里家の当主が継ぐ名であることは承知しております。が、わたしにはただ一人の兄の名でもあります」

兄であり、父であり、師でもあった者の名だ。

父は林弥が生まれて間もなく世を去っていた。面影はまるで朧《おぼろ》で、声も姿も何一つはっきりとはしない。物心ついたときから、父は仏壇に納められた位牌でしかなかった。それでも、淋しさも心細さも感じぬまま生きてこられた。

兄がいたからだ。

十五も年の離れた兄は、兄でありながら父だった。市中、筒井《つつい》道場の高弟として名を馳《は》せ、五歳になるかならずから手ほどきを受けた剣の師でもあったのだ。

唐突に消えてしまった男でもある。

四年前の夏。

御前漁の夜だった。

江戸より帰国した藩主と国許側室を乗せた御船前での鵜飼《うかい》漁は、小舞藩開闢《かいびゃく》のころより続く催しであり、夏の訪れを告げる風物であった。

小舞二大名川の一、柚香下《ゆかげ》川の鮎は川名と身の香ばしさから柚鮎とも呼ばれ、珍重《ちんちょう》されていた。

その御前漁の夜、兄、新里結之丞は惨殺された。

背後から一太刀を受け、脾腹《ひばら》を抉《えぐ》られて夜の道に転がっていたのだ。家中随一の剣士と称えられもした兄が、抗《あらが》いの跡すら残さず葬《ほうむ》られた。十二歳の林弥にとって、どうにも受け止めかねる出来事だった。母である都勢、妻である七緒からすれば、さらに信じ難い衝撃だっただろう。

女二人は寄り添い、支え合い、この四年を生きてきた。それは、一見儚《はかな》い佇まいの母と義姉が、存外逞《たくま》しい強者であったと気付いた日々でもあった。兄の暗殺の裏側に政《まつりごと》に繋がる暗い歪《いがみ》があったことを、暗殺者のあまりに意外な正体を、暗殺者を斬った刹那《せつな》の手応え、人の肉の手応えを知った年月でもある。そして、かけがえのない友を一人、失い、まだその喪失を引きずっている歳華であり、兄を師と仰ぎながら師を凌駕《りょうが》する剣才の持ち主に見《まみ》えた日子《にっし》だった。

一日一日が濃密で、起伏に富み、目まぐるしく過ぎていった。千尋《せんじん》の谷底を覗き込んだような心地さえした。もっとも、今日から先にはなだらかな道途が伸びている、とは思えないが。

兄の死の真相は闇に沈められたままだ。それを明らかにすれば、小舞藩の礎《いしずえ》が揺らぐ。林弥をそう諭《さと》したのは、目の前に座る正近だ。大目付の役職を十年近く勤めあげた正近は、政を裏からも表からも知りえる立場にいた。正近自身、藩政に深く関わり、動かしてきた人物の一人なのだ。

「あの爺、まさに狸《たぬき》も狸、大狸の類《たぐい》だったぞ」

正近の本質を露骨に言い捨てたのは、樫井《かしい》透馬《とうま》だ。兄の弟子にして、稀代の遣い手だった。小舞藩の筆頭家老として権勢を振るう樫井信右衛門《しんえもん》憲継《のりつぐ》の三男として、江戸で生まれたらしい。母は経師《きょうじ》職人の娘で、むろん、正妻ではない。側室としてさえ扱われていなかった。男子を産まなければ、そのまま樫井の家との縁は切れたかもしれない。二人の兄が健在であれば、透馬は母方の祖父の許で町人として生きたかもしれない。

しかし、正妻和歌子《わかこ》の息子二人はともに病弱で、長子は二十歳をまたず夭逝《ようせい》し、次子保孝《やすたか》は年の半分を病床に臥《ふ》せっている。保孝が万が一病没した場合、樫井家を継ぐための駒として、透馬は江戸から呼び寄せられた。

「おれは経師屋になりてえんだ。間違っても、家老家なんぞ継ぎたくねえよ。なあ、新里、何とかしてくれ」

「何とかと言われても、おれには何ともできんなあ。これも定めと覚悟して、樫井家を継ぐしかないだろう」

「ふん、他人事だと思っていいかげんにいなしやがって。もうちっと親身になって考えてもよかろう」

「どう親身になればいいんだ。樫井家は代々執政を務める名門中の名門ではないか。おぬしはそのご継嗣《けいし》だろうが。羨《うらや》みはしても、憐れむ由《よし》はないぞ」

「けっ、よく言うぜ。おれのどこを羨んでんだ」

「だから、このままいけば、おぬしは樫井家の嫡子《ちゃくし》となり、やがては藩政の中枢に上り詰めるわけで……」

「それが、羨ましいのか」

「そりゃあ、そうだろう。今はこうして並んで歩いてはいるが、おぬしが正式に樫井家を継げば、雲上人だ。道ですれ違いでもしたら、おれは平伏せねばならん」

「はあ、そうかい。じゃあ、新里は他人を平伏させたいわけだ。周り中がへへえって頭を下げたら嬉しいんだな。他人を見下して、いい気持ちになりたいってことだよな」

「そんなこと、言ってはおらん」

「言ってるじゃねえかよ」

「言ってない。いちいち、突っかかってくるな。鬱陶《うっとう》しい」

「あ、やはり、おれのことを鬱陶しくて厄介だと思ってんだな」

「樫井、本気で怒るぞ」

「おっ、やるか。竹刀《しない》や木刀じゃ、おれには勝てまい。何だったら組打ちにするか。思いっきりぶん投げてやる」

透馬とやりとりをしながら歩いた。あれは、いつごろだっただろう。

樫井透馬。おもしろい男だ。家老家の血を受け、稀《まれ》な剣才に恵まれながら、武士ではなく職人として生きたいと、心底から望んでいた。それが叶わぬと嘆いていた。

おもしろく、型破りで、飄々《ひょうひょう》としながら鋭い。妙に人懐っこいと思えば、極め付きの皮肉屋にもなる。

腕の傷の治療を口実に江戸に帰ってしまった。二年が経つのに、音信一つない。「おれは筆まめな上に達筆でな。書の才も剣に劣らず相当なのだ。ひけらかすわけじゃないが、女なんて文一つで落とせるってもんさ」と嘯《うそぶ》いていたくせに、達筆な文どころか走り書きすら寄越さない。江戸のどこにいるのかさえ知らせてこないのだ。

透馬らしいといえば透馬らしいが、些《いささ》か身勝手が過ぎはしないかと腹立たしくもある。兄の死から始まり、揺れに揺れ、さらに揺れ動いた月日を共に過ごし、あまつさえ、透馬は新里家にちゃっかりと居候《いそうろう》を決め込んで、

「こんな居心地のいい家も珍しいな。うん、実に心地いい。おれは大いに気に入ったぞ、新里」

などと、日向《ひなた》の猫のように喉を鳴らしていたではないか。膳の物を米粒一つ、菜の端一つ残さず平らげ、「美味い、美味い」と感嘆していたではないか。

達者でいるのか。

ちゃんと生きているのだろうな、樫井。

時折、空を見上げ呟いてみる。

小和田正近さまがおれの烏帽子親を引き受けてくださった。そう告げたら、あいつ、どんな顔をするだろうか。さも嫌そうに眉を顰《ひそ》めるか、肩を竦《すく》めて薄く笑うのか、絶句

するほど驚くのか。

見てみたい。逢って、直にその表情を目にしたい。何より、あの剣を見たい。あの神《しん》速《そく》の剣を。疾《はや》く、鋭く、剛力で瞬時に変化する。

まさに鬼神の剣だった。

もう一度、もう一度だけでいい。この眼裏《まなうら》に刻まれている透馬の太刀筋を目の当たりにしたい。

見たい、見たい、見たい。

樫井透馬のことを考える度に、林弥は手のひらに薄く汗をにじませた。柄《つか》を握る右手だけに、だ。

見たい。見たい。見たい。そして、勝負してみたい。透馬の剣と真っ向から対峙してみたい。もう一度、もう一度だけ……。

林弥は胸の内で一つ、ため息を吐いた。

今、林弥の前に座っているのは透馬ではなく、かつて大目付として兄の事件を探索した小和田正近だ。

透馬が看破したとおり、正近の本性は海千山千の大狸なのだろう。林弥に太刀打ちできる相手ではない。だから、策は弄《ろう》さず、言葉を操らず、想いを告げる。

正面突破はいつの世にも、愚かさを力に変えられる若者の一手だ。

「ただ一人の兄の名であり、師の名でございます。名乗るだけの力量が、まだわたしには足らぬと存じます」

いつかは越えなければならない名前だ。しかし、今は……。

「うーむ」と正近が唸った。

「結之丞の名は、そなたにとって、それほど重いということか」

「はい」

「林弥、こういう言い方は些か乱暴に過ぎるかもしれぬが、敢えて言う。名とはつまり名に過ぎん」

「はい……」

「確かに、結之丞は見事な武士であった。それは誰もが認めるところであろう」

誰もが認める？　そうでしょうか。

喉元までせり上がってきた問いかけを何とか飲み下す。

「新里結之丞は士道不覚悟ではないか」

心無い言葉を幾度も浴びせられた。重臣の誰それが、背中の一太刀を後ろ疵《きず》だと嘲笑ったとも聞いた。

斬り捨ててやる。

兄を嗤《わら》った重臣をこの刀で……と、奥歯を嚙み締めたときもあった。かろうじて耐えて今、ここに座っている。兄の汚名をまだ雪《そそ》いでいないままだ。

「しかし、そなたはそなた。結之丞は結之丞だ。そなたは新たな新里結之丞として生きればよかろう。名は名に過ぎず、人には非《あら》ずだ」

「はい」

林弥は、もう一度、今度は口から息を吐いた。

わかっている。

人が名によって変わるわけではない。飛翔するのも堕落するのも、人そのものによるのだ。

わかっている。それくらいは解しているのだ。

どう名乗ろうと、おれはおれだ。そう、おれはおれでしかない。

自分に言い聞かせもした。しかし、やはり踏み切れない。どうしても躊躇《ためら》ってしまう。

林弥の傍らで、七緒が身じろぎした。

この人にとって、新里結之丞はただ一人しかいない。

林弥が兄の名を継げば、七緒はどんな想いでそれを口にするのか。弟とはいえ別の男を「結之丞どの」と呼ばねばならぬとき、身を刺し貫く悲哀を感じるのではないか。

七緒のことだ。悲哀も悲嘆も面に出すことはないだろう。全てを抑えこんで微笑みさえするかもしれない。

七緒にそんな笑み方をさせたくない。

林弥は強く思う。ほとんど焦燥のように心を炙《あぶ》られるのだ。

「出仕が叶いましたあかつきには、改めて新里家当主を名乗る。わたしどもは、そのように考えておりますが。小和田さまにおかれましては、いかがでございましょうか」

都勢が静かに口をはさんだ。

静かだが、張り詰めていた。

母上。

林弥は身体を起こし、母を見た。

胸裏に巣くう情動を、七緒への想いを母にはもちろん他の誰にも告げてはいない。しかし、都勢はいつも、それとなく言葉を添えてくれる。全てを察し、察したうえで見守っている。そんな口振りだった。

都勢が七緒を実の娘のように慈しみ、七緒は都勢を実母のごとく慕っている。二人の間に通い合う細やかな情愛は、林弥にも感じ取れた。

「わたしはこの通りの病身。一年が経ちましても、七緒がいなければ日が経たぬことに変りはございませんでした。本来ならば実家に帰すのが筋と重々わかってはおりますが、わたしの身勝手さ故に、まだ、新里の家に縛りつけております。七緒もわたしの身を案じ、傍にいてくれておるのです。今はもう少し、七緒の情けに縋《すが》る身をお許しください」

本家筋のうるさい老人たちに、都勢は頭を下げた。結之丞の一周忌の法要の後、蟬《せみ》しぐれの降り注ぐ夏の盛りの座敷でだった。

夫の一周忌が過ぎたのだ。嫁を実家へ帰すのが習いであろう、葬儀ののち決めた猶予は一年であったぞと、老人たちが言い募《つの》り始めた。それへの返答だ。へりくだった物言いではあったが頑として引かぬ響きがあって、老人たちは渋面を見合わせ、口を結んだ。

楚々《そそ》とした風情《ふぜい》と柔らかな面立ちとはうらはらに、都勢には剛直の気風が具《そな》わり、言い切る言葉には老人たちを黙らせるだけの力がこもっていたのだ。

もともと、新里家は分家の一つであり、結之丞の横死《おうし》を機に家禄の三分の一を削られている。一言居士の年寄りを除けば、元当主の妻の処遇に頓着する者などそうそういないのだ。老人たちは、ただ前例を引き合いに、己が独見を披露したいだけだった。

「都勢どのがお決めになり、七緒どのが従うと言うならば、我らが口を出さずともよろしかろう。世の習いは大切なれど、人の都合がそれに先立つことはまま、あろうかと存じる」

本家の主の一言で決まった。主がよしと頷いたことに、異論は差し挟めない。それこそ、世の習いにもとる。

「これだから世に悪しき風潮が蔓延《はびこ》るのだ。若い者は何も知らんくせに、年寄りを敬おうともしない。如何《いかが》なものか」

「嘆かわしい限り。世も末でござるのう」

老人たちの渋口、苦情は誰の耳にも留まらず、淡々と消えた。

これで、暫くは義姉上《あねうえ》と一緒に暮らせる。

林弥は安堵の吐息を漏らす。

七緒は何も言わない。

白い横顔は定めを淡々と受け入れ、揺らぐことはない。その静寂が諦念に繋がるのか、細《ささ》やかな生きがいに結びついているのか、林弥には窺えなかった。

幸せになってもらいたい。幸せにしたい。

その手立てをこれから、全力で探っていく。

膝の上でこぶしを握ってから、三年が過ぎた。

まだ何事もなしていない。少なくとも七緒を幸せにした手応えは皆無だった。いや、むしろ、さらに追い詰めてしまった。

七緒の実家生田《いくた》家には今、七緒に繋がる者は誰もいない。当主であった七緒の兄生田清十郎《せいじゅうろう》は亡くなり、妻の絹江《きぬえ》が男女二人の遺児を育てていたが、男児園松《そのまつ》が去年、疱瘡《ほうそう》にやられ夭折してしまった。絹江は八歳の娘を連れて実家に戻った。夫と息子を相次いで失い、心身ともに病に蝕《むしば》まれ、一時は命も危ぶまれたとの噂を聞いた。生田の家は遠縁の者が夫婦で養子となり、何とか断絶を免れはしたが、七緒の帰る場所ではなくなったのだ。

清十郎の死に、林弥は深く関わっている。

林弥自身が清十郎を斬ったのだ。

その経緯も、事由も口外できない。七緒に詫びることも、弁明することもできない。全て、林弥の胸に納めるしかなかった。

透馬は知っている。

清十郎を斬ったとき、すぐ傍らにいた。片腕から血を流しながら立っていた。清十郎にやられたのだ。清十郎は刺客として暗躍し、兄を葬り、樫井家の後嗣《こうし》となる透馬を襲った。

だから、透馬は事の全てを知悉《ちしつ》していた。ただ、表向き藩内の騒ぎが収まった後も、清十郎の死が横死と片付けられた後も、一言も触れなかった。何も知らない者のごとくに振る舞った。そして、さっさと江戸に発ち、今日に至るまで音沙汰がない。

七緒は実兄の死を、やはり、取り乱すことなく受け入れていた。けれど、こけた頬や薄い肩が目に触れるたびに、林弥の胸は騒ぎ、渦《うず》巻き、疼き続ける。

おれはまだ、この人に幸せの欠片さえ手渡していないではないか。手立ての一端さえ捉えていないではないか。

「出仕の件でござるか」

正近が低く唸った。

その唸りが、林弥を現《うつつ》に引き戻す。

出仕は叶わぬのか。唸るほどに困難なのか。

「その件については、それがしも尽力を厭《いと》わぬ心積もりではござる。が、なにぶん、藩財政は厳しく、新たな出仕が叶わぬ者が多々おってのう。それでも、ここは無役ながら禄を食《は》んでいるだけ、まだ救われよう。無役無禄のまま捨て置かれる者もおるによって」

「はい。それは、よう存じております」

都勢が膝の上に手を重ねた。

「ただ、林弥の出仕が叶って初めて結之丞の無念を晴らせると、わたくしは考えております」

「都勢どの」

「結之丞がなぜあのような亡くなり方をしたのか、結之丞を手にかけたのは誰なのか……四年が経った今も明らかにならぬままです」

「それは大目付であったそれがしとしても、無念極まりない思いがいたす。我が身の力不足を申し訳なくも思うております」

正近は都勢に向かい、頭を下げた。

「小和田さま、どうぞお考え違いをなさいませんように」

「考え違いとな？」

「はい。わたくしどもは小和田さまを責めてなどおりませぬ。むしろ、賜《たまわ》りましたご厚情をどれほどありがたくも、もったいなくも感じております。そうですね、林弥、七緒」

「まことに」

林弥と七緒が同時に低頭する。

「いや、厚情と言われると面映《おもは》ゆい。結之丞の件を解き明かすことができず、下手人もわからぬまま閉じてしまった儀、大目付としての役目を果たせなんだと悔みは募り申す」

「小和田さま」

七緒が膝を滑らせ、僅かに前に出る。

祝いの儀式のために、小袖に焚き込んだ香が仄《ほの》かに匂う。

「もう、お仕舞にしておられるのでしょうか」

「うん？　何と申された？」

「小和田さまの中では、あの一件は既に終わったことになっておるのでしょうか」

正近の黒目が揺れた。口元が微かに歪む。

「いや、それはそれがしとて、終わりになどしとうはないのだ。しかし、すでに役職を退いた身とすれば……どのようにも動きようがのうての……。それにのう、七緒どの。生きておる者と死者とはまるで別の世におる。彼岸と此岸は隣り合わせでありながら百万里の彼方よりなお遠い。死者にいつまでも引きずられていては、この世で生きる甲斐もなかろう。ここで終わりだと切りをつけるのも、肝要ではないのか」

「わたくしどもには終わりなどありませぬ」

七緒はゆっくりとかぶりを振った。

「四年経とうと、十年が過ぎようと、結之丞どのの死の謎を抱え続けて参ります。真相を知ろうと努めて参ります。このまま……何も知り得ぬまま生きていくのは辛《つろ》うてなりませぬ。せめて、わたくしたちだけでも、本当のことを知らねば、結之丞どのが浮かばれませぬ。わたくしはそのように思えてならぬのです。小和田さま、わたくしの中で結之丞どのはまだ生きておいでになります。このまま、全てが終わりになるなら、それこそ生きていく甲斐がございません」

林弥は息を詰めた。

そうか、そうなのか。この人の内ではまだ、兄は生きているのか。思い出にならぬまま、生々しくいるのか。

「小和田さま、どうかお察しください。そして」

「七緒、おやめなさい」

鞭打《むち》つ激しさで、都勢が七緒を遮《さえぎ》る。

「何ですか。その口の利きようは。小和田さまにご無礼ですよ。分を弁《わきま》えなさい」

七緒が息を呑み込んだ。頬から血の気が引いていく。

「申し訳ございません。出過ぎた真似をいたしました」

平伏し、肩を震わせる。

「なにとぞご容赦くださいませ」

「……いや、七緒どのの胸中、察して余りある。そうだのう。死者を死者として片づけられるのは、その死に納得せねば無理であろうのう……。口軽くつまらぬことを言うた。許されよ」

正近が太い息を吐いた。それが合図だったかのように、廊下からみねが告げた。

「お膳の用意が整いました」

みねは、新里家に二人いる使用人の一人だ。減禄のさいに奉公人には等しく暇を出したが、みねと若党の与助《よすけ》は新里家に帰ってきた。与助は僅か四カ月あまりで、みねはそれより半年ほど遅れて舞い戻ったのだ。

みねも与助も、扶持《ふち》はいらぬから傍においてくれと懇願した。与助など、庭の敷石に座り込み、

「おいていただけないのなら、あの松の枝で首をくくりますで。わたしが丹精した松です。ぶら下がるにはおあつらえ向きの枝ぶりでありますゆえ」

と、脅しまで繰り出し、みねはみねで、「与助さんが奉公を許されているのにあたしが駄目というのは、憚《はばか》りながら筋が通らぬのではありませんか」と不貞腐《ふてくさ》れた。

「正直、あたしの方が働きはずっとよいように思えますけど」

「みねさん、そりゃあ聞き捨てならぬぞ。おまえさんに、庭木の剪定《せんてい》や屋根の修繕はできまいに」

「じゃ、あんたに台所仕事やお針ができるんですか。屋根の修繕ぐらい、林弥さまだってできますよ」

「馬鹿を言うでない。林弥さまが屋根に上れるものか」

「それくらい、できますったら」

二人が言い合う。堪らず、林弥は口を挟んだ。

「待て。おまえたちの言い分を聞いていると、おれがとてつもなく無能に聞こえるぞ」

みねが鼻を鳴らす。

「あたしはそんなこと一言も言うてはおりませんよ」

「わたしだとて同じです。林弥さまを無能呼ばわりするわけがございません。林弥さまの思い過ごしでございましょう」

「思い過ごしのもんか。いいか、与助、みね。おれだって雨漏りの一つぐらい直せるんだからな。何なら、今度、雨漏りがしたら、おれが直してもいいぞ」

「うへっ、それだけはご勘弁ください。林弥さまにつつかれたら、雨漏りが余計に増えてしまいます」

与助が真顔で首を振る。

そこで、都勢が噴き出した。七緒も顔を伏せ、肩を震わせている。

「まあ、おかしい。あなたたち太夫と才蔵になれますよ。いっそ、みねも加えて三人万歳をやればよいわ。ねえ、七緒」

「はい。きっと大層な評判になります」

「あたしは嫌ですよ。太夫も才蔵も御免蒙《こうむ》ります」

みねが頬を膨らませた。その顔がおかしいと、都勢と七緒がまた笑声《しょうせい》を漏らす。

母と義姉の笑いに林弥の心は浮き立った。

笑いはいい。泣けば人の心は涙を吸って重くなるが、笑えば乾いて軽くなる。誰に教わったわけでもないが、この数年で学んだ。笑うことで人は回復する。けして癒《い》えない傷を疼かせながら、それでも前に進む力を得る。

母を義姉を笑わせてくれた奉公人たちに礼を言いたい。頭を下げたりすれば、みねはわざと不機嫌になるだろうし、与助は慌てふためくだろう。二人の気性は呑み込んでいる。だから、林弥は胸のうちだけで手を合わせた。

結局、みねと与助は心ばかりの扶持で、前と同じく奉公を続けている。みねは洗濯から台所仕事まで雑事を引き受け、七緒を助け、与助は外回りの力仕事の大半を担っていた。

支えられているのだ。

みねに支えられ、与助に支えられ、友に支えられ、母や義姉に支えられ、何とかここまで来られた。

忘れまいと思う。

いつか、自分も一本の強靭な支えとなりたい。その望みを心に刻み込む。

「小和田さま、細《ささ》やかではございますが、祝いの膳を拵《こしら》えましてございます。奥の座敷にお移り下さいませ」

都勢が立ち上がる。七緒もそれに続いた。

「ふむ。それはかたじけない。遠慮なく馳走になり申す。では、ゆるりと林弥に案内してもらおうかのう」

案内も何も、それほど広い屋敷ではない。奥座敷は廊下の先にある。女二人が部屋を出て行くとすぐに、正近は居住まいを崩した。

「林弥、どうするつもりだ」

庭に目をやり、何度目かの吐息を漏らした。

「都勢どのも七緒どのも何も知らぬ」

「はい」

「知らぬままでいてもらわねばならぬ。結之丞の一件、真実の端なりと気付かれれば
……」

そこで言葉を切り、正近は腕を組む。

「気付かれれば、地獄ぞ。都勢どのはむろんだが、七緒どのは、業火に炙られるに等しい心痛を味わわねばならなくなる」

「……重々、承知しております」

「林弥」

「はい」

「すまぬな」

突然の詫び言葉だった。

林弥は顔を上げ、元大目付を見詰めた。皺《しわ》が刻まれ、白髪も目立つ。だが、見開かれた眼の奥には、若々しさと見紛うような強い煌《きら》めきが宿っていた。

「そなたに、重荷を背負わせた。背負わずともよかった荷であったかもしれん」

「いえ……」

背負わずともよかった荷とは何なのだ。

兄を惨殺されたことか。

生田清十郎を斬ったことか。

清十郎が兄を討った刺客であると知ったことか。

執政間の争い、権謀術数の数々を目の当たりにしたことか。

かけがえのない友を一人、失ったことか。

母と義姉に、明かしてはならぬ秘密を持ったことか。

七緒という女人に、どうしようもなく惹かれてしまうことか。

「小和田さま」

「うむ」

「義姉の問いに、いつかお答えいただけるでしょうか」

正近が腕を解く。

「このまま、全てを仕舞としてしまわれるのかどうか。小和田さまのお気持ちをお聞かせいただきたいのです」

「林弥、先も申した通り、わしは致仕《ちし》した身だ。隠居爺の立場では何ほどの事もできぬ」

逃げだ。あるいは、誤魔化《ごまか》しだ。

大人たちは、いつも、こうやって巧みに逃げを打ち、事実を曖昧に誤魔化そうとする。

正近が執権の中枢に座る樫井家老と繋がっていることは、明白だ。正近に権勢欲や出世への執着があるとは思わない。そういうところからは隔たった場に立っていると、林弥は感じている。

だからといって清廉潔白なわけではない。清濁併せ呑む、といえば聞こえはよいが、濁の面もたっぷりと抱え持つ人物。透馬の言う通り、一筋縄ではいかぬ大狸なのだ。

正近が何を望み、何を欲し、何に拘《こだわ》っているのか、窺い知れない。ただ、自分の手がけた事件をうやむやにしたまま良しとする人物ではないはずだ。正近は正近なりに、自分の納得できる結末を手に入れたいと願い、そのために動いているのではないか。金よりも地歩よりも権勢よりも、事件の謎を暴くことに執心する。そういう人物ではないか。

林弥なりに考えていた。

もっとも狸は狸。そう容易《たやす》くは見通せない暗みを煙幕のように張り巡らせて、元服したばかりのひよっこの眼を欺く。そんな芸当など朝飯前だろうが。

「小和田さま、また、同じことが起きはしませぬか」

大狸に向かい、それでも詰め寄ってみる。

「同じこと?」

「兄と同じように、刺客を放たれ落命する。そういう者がこの先も出てこぬとは断言できますまい」

正近が眉間《みけん》に皺を寄せた。眼差しに険しさが増す。

「政争の具として刺客を使い、邪魔者を抹殺する。それが許されない世となること……。それが兄の死を無駄にしない唯一の答えのような気がいたします」

一息に言い放つ。

政争の具として刺客を使うのは、政争の渦中にいる者たちだ。すなわち、藩政を司る重臣たちだった。

正近は答えない。

無言のまま、畳の縁を睨んでいる。

「そなたは……危ないな」

「は？」

「多くを知り過ぎておるし、真っ直ぐに物事を捉えすぎる。いずれ、そなたを厄介だと判じる者が現れるかもしれん」

「小和田さま……」

「林弥。政《まつりごと》にはとかく闇が付きまとう。それをはらうことは至難だ。結之丞もその闇に呑み込まれた」

「何も考えるなと仰せですか」

「そなたの身を思えば、知らぬ、考えぬ、思わぬを通せと助言するのが正しかろうな。が、それでは、政は腐る。新たな水が注ぎこまぬ淀みのようなものだ。いつのまにか腐り、悪臭を放つようになる。人が知り、考え、思うてこそ政は流れるものよの。ただ、淀みに棲む者は新たな水を嫌う。淀みが淀みでなくなれば、己が生きていけないからだ」

「それは、わたしに流れになれとおっしゃっておられるのですか」

「違う」

正近は強くかぶりを振った。

「そうではない。そなたがどんな役目を担うのか、わしにはわからぬ。ただ、淀みも流れも政には入用なのだ。流れるままでも、淀んだままでもいずれは立ち行かなくなる。その均衡をどうとっていくのか。それを見通せる力が執政にはいる。今、わしに言えるのはそれだけだ」

正近は腰を上げ、くらりと語調を変えた。

「さて、行くか。愚図愚図しておると都勢どのが訝《いぶか》しがるかもしれん。そなたの母御は美しいだけでなく、勘も鋭い。いや、まさに稀な女人よのう。はははは、都勢どのから烏帽子親を頼まれたときは、正直、少し気分が昂《たかぶ》ったぞ。それほど、わしを頼りにされておられたとはのう。はははは。いやここだけの話、若い折、都勢どのの美貌に目眩《めくら》んだ覚えもあってのう。新里家に嫁がれたと聞いて、ひどく気落ちしたものなのだ。いやいや、もう昔のこと、若かりしころであったが」

「はあ……」

「これからは実の親子も同然となる。ちょくちょく寄せてもらうつもりだ。何しろ、烏帽子親だからのう。はははは」

「はあ……」

足音と高笑いを残して、正近が部屋を出て行く。

あの陽気さ、屈託のない笑いは芝居だろうか。しゃべり過ぎた言葉を掻き消すための……。

庭を見る。

日差しが陰り、白菊の花はくすんで、みすぼらしく目に映った。

わたくしの中で結之丞どのはまだ生きておいでになります。

七緒の声が耳底にこだまする。

兄上、あなたはまだ、あの人を放さぬのですか。

胸が痛い。

兄に対する怒りが、頭をもたげる。

初めての情動だった。

兄上に憤っている?

まさか、そんなことがあるものか。

誰よりも敬い、慕ってきた。

怒りなど持つわけがない。わけがない。

林弥は唇を噛みしめ、風に揺れる白菊を見詰め続けた。

二　香り漂う

その寺は城下の北外れにあった。

玄徳寺《げんとくじ》と言う。ただし、実名で呼ぶ者はほとんどいない。〝無縁寺〟。それが玄徳寺の通り名だった。

無縁仏だけが葬られているわけではない。この世の者との縁を自ら断ち切った者も、断ち切られた者も、縁に恵まれなかった者も埋葬されている。そして、生きている者から疎《うと》まれ、遠ざけられた者たちの墓も数多《あまた》あった。

咎人《とがにん》たち。

犯した罪により刑に処せられた者たちの墓が、境内《けいだい》の奥まった一画に並んでいる。本堂の裏側にあたり、季節によっては晴れていても終日、日の当たらない場所だった。遊女や無宿人の墓地より、さらに暗く、じめついて、瘴気《しょうき》すら漂っていた。人魂が飛び交うだの、怨嗟《えんさ》の声が土下から響いてくるだの、雨に濡れると墓石が血の色に変わるだの、おどろおどろしい噂話は尽きることがなく、近寄る者はめったにいなかった。もっとも、怖気《おじけ》からではなく保身のために近づかない輩《やから》の方が多いかもしれない。

政変を起こし、政変に加担し、あるいは巻き込まれ処罰された咎人たちは、みな一様に無縁寺に埋められた。重臣であっても、上士であっても、下士であっても一切変わりはない。墓石も卒塔婆《そとば》も許されず、ただ寺の裏山に転がる赤茶けた石塊だけが墓の目印として認められる。

小舞《おまい》では昔から、赤みがかった茶は咎の色とされていた。由来は定かではない。ただ、玄徳寺が無縁寺となったのは、裏山の剝き出しの岩場が咎色であったからとの伝承は強く信じられていた。

身分に厳しく縛られる武家の世にあって、唯一ここだけが誰もが同等の地だった。

皮肉なものだ。

林弥は思う。

鬱蒼と茂る木々の下を歩く度に思い呟くのが、習い性となってしまった。

皮肉なものだ。

生者である間は聳《そび》え立ち、決して越えることの叶わなかった身分の壁は、咎人として処刑されたとたん搔き消えてしまう。

皮肉だとしか言いようがない。

石畳が途切れた。ここから先は細い土道が続く。昨日の宵にかなりの雨が降った。そのせいで、ぬかるんでいる。

「あ……」

泥濘《ぬかるみ》の中、道の端に点々と小さな獣の足跡が付いている。狐狸か鼬《いたち》の類だろう。真ん中には、人の草鞋《わらじ》の跡がくっきりと見て取れた。

最奥の墓所に向かっている。

林弥は指を握りしめた。

墓石、卒塔婆だけではなく、線香や花を手向《たむ》けることも禁じられている。ここに来るときは、いつも空手だ。

こぶしを握ったまま、歩き出す。

既にある足跡を辿るように、いつもよりやや足早に進んだ。

ざざっ。

風もないのに木の枝が揺れた。

一羽の鳥が黒い影になって飛び立つ。

水滴が落ち、林弥の肩を濡らした。

山鳩だろうか。鵯《ひよどり》にしては大きかったし、鴉《からす》にしては丸みがあった。墓場には供え物を狙って鴉が集まると聞いたが、ここで姿を見た覚えはない。あの濁った鳴声も耳にしていなかった。一輪の花さえないのだから当たり前なのかもしれないが。

泥濘に草鞋が沈む。あまり急くと前のめりに転びそうだ。林弥は股立《ももだ》ちを取り、慎重に歩を進めた。

北から一陣の風が吹いてきた。

うん？

顔を上げ、風を嗅ぐ。

微かに線香の匂いを感じたのだ。しかし、気のせいだろう。ここで線香を焚く者などいない。禁を破れば罪に問われる。

息を吸ってみた。土と苔の香りがするだけだ。

気のせいか、やはり……。

林弥は泥濘を踏みしめ、伸び放題に伸び、今は半ば枯れかけた萱《かや》の繁みを回り込んだ。

草陰に墓はあった。

その前に男が一人、立っている。俯《うつむ》き、赤茶色の石塊を積み上げた墓を見詰めていた。何かを語り掛けているようであり、何かに耳を澄ませているようでもあった。

和次郎《わじろう》。

林弥が呼ぶより先に、男が顔を上げた。

「林弥」

山坂《やまさか》和次郎が小さく息を吸い込んだ。それから、仄かに笑った。

あ、和次郎の笑みだ。

温和で柔らかく、どこか淋し気な笑みは和次郎の為人《ひととなり》と重なって、目にするたびに心が緩む。この男の前では、衒《てら》いも気取りもいらない。弱音も無様な姿もさらけ出せる。そう感じさせてくれる笑顔だ。

久しぶりに見た。

「元服の式をあげたのか」

和次郎が目を細める。

「うん。おまえには後れを取ったが、やっとな」

月代《さかやき》に手をやる。

少し面映ゆい。

「相変わらずだな、林弥」

和次郎が笑みを広げる。

「何が相変わらずなんだ」

「負けん気の強ささ。元服に後れも先んずるもあるものか。それぞれの家の事情だろう」

「まあな……」

山坂家は代々普請方《ふしんかた》を務める家だ。和次郎はこのところ病がちな父親に代わって、見習として普請仕事に関わっていた。そのせいか、日に焼けて逞しくなっている。精悍《せいかん》といっても差し支えない面構えだ。林弥は瞬きをして、剣友を見詰めた。和次郎も林弥も鳥飼町《とりかいまち》にある筒井道場の門下だった。もっとも、役に就いてから和次郎は、めったに道場に顔を出さなくなっていたが。

「出仕したてのころというのは、仕事を覚えるのに必死だからな。お父上の体調も思わしくないと言うじゃないか。山坂にすれば道場に通う余裕などないのだろう。淋しいだろうが、山坂の分も励め」

師範代佐々木太持《ささきたもつ》が稽古の後、何気なさを装って言った。「はい」と頷きはしたものの、慰められたようで気持ちがざらつく。

別に淋しくはありません。

と、言い返したかったが口を閉じた。

淋しいのかもしれない。

己の心内を覗き込めば、淋しいものがうずくまっているのかもしれない。

筒井道場には三人で通った。

上村源吾《うえむらげんご》、山坂和次郎、そして林弥。

雨のそぼ降る土手道を、容赦なく照り付ける日の下を、砂埃を巻き上げる風の中を、穏やかな日差しの町中をほぼ毎日通い続けたのだ。ずぼらな面のある源吾は稽古の途中で抜け出したり、道場の隅で居眠りや無駄話に興じたりしていた。当然、佐々木からは大目玉を食らうはめになる。そのときは神妙にうなだれてはいるのだが、三日もすれば、また、壁にもたれて鼾《いびき》をかいたりしている。

「まったく、上村は腹が据わった大物なのか底抜けの怠けものなのか、摑み切れんな」

「大物なのです。間違いありませんよ、師範代」

「笑わせるな。自分で大物だと吹聴する大物がどこにおる」

「そこが、わたしの大物たる所以ではありませんか」

「おまえの場合、大と物の間に馬と鹿が入るんだ」

「え？　馬と鹿って……。うわっ、大馬鹿者ですか。ひでえな。でも上手いこと言いますね、師範代。見直しました」

「おまえに褒められても、ちっとも嬉しくないな」

佐々木と源吾のやりとりを背後で聞いていて、噴き出した覚えがある。こと剣に関しては妥協を許さず、厳しい上にも厳しい佐々木が源吾にだけは勝手が違っていた。説教しながら苦笑し、あまつさえ笑い声をたてたりもしたのだ。

源吾はそういう男だった。

陽の気を纏《まと》い、他人も巻き込む。兄、結之丞の非業の死に鬱々となり、気持ちが萎《な》えそうだった日々、源吾の明るさと和次郎の静かさにどれほど救われたか。

今でも耳を澄ませば、からからと屈託のない笑声が聞こえる。

あの源吾が咎人の一族として、赤茶けた石塊の下に埋められている。政変に巻き込まれ、家族ともども命を絶った。政変とは、当時筆頭家老であった樫井信右衛門憲継と中老水杉頼母《みずすぎたのも》との権力争いの果てに水杉一派が敗れた変事のことだ。

兄と同様に、源吾の死も謎のままだ。少なくとも林弥たちにとっては。

なぜ、あいつが死なねばならなかった。

何百、何千回呟いてみても天に問うてみても、答えは摑めない。

わかっていることは、ただ一つ。源吾には何の罪もなかったという、それだけだ。大《おお》納戸頭《なんどがしら》であった父親が水杉派であった故に屋敷を急襲され、源吾の家族は幼い妹も含め全て自害した。

まだ、信じられない。兄の死よりなお信じられない思いだった。けれど、林弥が信じようと信じまいと現《うつつ》はびくともしない。源吾はもうこの世のどこにもいないのだ。笑うことも、泣くことも、駆けることも、食うこともできない。励まし合うことも、揶揄《からか》うことも、行く末を語ることもできない。

「もしかしたら、おまえと逢えるかもと思っていた」

石塊の墓石に目をやり、和次郎が呟いた。

「今日は月命日だからな」

「ああ……。おれも、和次郎が参っているような気がしていた」

「おれたちだけじゃないぞ」

「え？」

和次郎が顎をしゃくる。

「見ろよ」

「うん？　何だ」

林弥は唇を結んだ。

墓の前の泥濘に白い灰が落ちている。ほんの僅かだが、確かに灰だった。

「これは……、線香か」

「間違いない。おれが来たとき、微かだが香りがした」

「おれも、一瞬だが香りを嗅いだ気がした。気のせいかと思っていたが、そうじゃなかったんだな」

「ああ、おれたちより先にここに来て、線香を供えた者がいるんだ」

「しかし、線香を手向けるのは禁じられている。それを知らなかったのだろうか」

一息分の間をおいて、和次郎が答えた。

「知っていて、あえて供えたのかもしれない」

「あえて？　誰がそんな真似を？」

「わからない。上村の家に深い恩義を抱いている者か、そんな禁を守る気などさらさらない者か、死者になってまで咎を責める法度《はっと》に異を唱える者か……」

和次郎と顔を見合わす。

林弥は口中の唾を呑み込んだ。

「おれは、さらさらない者に有金すべて、賭ける」

「おれもそれだな。これじゃ賭けにはならんぞ、林弥」

「そうだな。じゃあ、もう一つ付け加えようか。おれたちに報せるためかもしれん」

「小舞に戻ってきたぞ、と？」

「あいつらしいだろう。素直じゃなくて、ややこしくて、芝居がかったことが好きで、妙に恰好をつける」

ははは と、和次郎が明朗な声で笑った。

「手厳しいな、林弥。まあ、短い間でも一緒に暮らした仲だからな。おれよりはよほど樫井のことは知ってるよな」

「樫井か」

樫井透馬。

久々にその名を口にした。

「舞い戻っているのなら逢いたいものだが」

腕を組み、和次郎は天を見上げた。後ろに迫っている木々の枝に阻まれて、空の色はほとんど窺えない。

「樫井さまの屋敷に入ったなら、おれたちには手が出んなあ」

透馬は筆頭家老家の男子だ。林弥たちとは身分が違う。本来なら、言葉を交わすことさえ容易くは許されない。住む世が違うのだ。前髪のころなら、まだ、垣根は低かった。家柄も身分も越えて、結び付けた。しかし、これから先はそうはいくまい。

家老家の男子と無役の林弥や普請方勤めの和次郎が接する機会などめったにないし、万が一あったとしても平伏して迎えるのが習わしだ。呼び捨てなどしようものなら、首を刎《は》ねられる。頭では十分に分かっているが、心持ちの方が納得できない。透馬は透馬だ。他の誰でもない。新里の屋敷で暫く寝食を共にしたし、竹刀を交えもした。死地を切り抜け、秘密を分け合った。

そういう相手だ。

だから、もう一度逢いたい。

「なあ、どうなんだ、源吾」

和次郎が墓に向かって、語り掛ける。

「樫井はここに来たのか。おまえに帰郷の挨拶をするためにやって来たのか」

「そして、派手に線香を燃やして、一人悦に入ってたんじゃないのか。さぞや、煙たかっただろうな。いい迷惑だって文句を言ってやればよかったのに」

林弥は腰を落とし、両手を合わせた。

源吾、おれは元服を迎えた。まだ、出仕も叶わぬ半人前だが、それでも一歩、進んだ。生きている限り、同じところには留まれないからな。

死者は留まり続ける。

十年経っても二十年が過ぎても、源吾は十四のままだ。

この墓に手を合わせる度に、林弥の胸底に疼きが走る。

源吾のいない現《うつつ》をまだ受け入れられない。その死の理不尽さにまだ心が揺れる。しかし、それだけではなかった。源吾だけを残して変わっていく自分が許せないようにも、虚しいようにも感じてしまうのだ。その想いが疼きになる。

「樫井に帰ってきてもらいたい」

傍らにしゃがみこみ和次郎が言った。

「帰って、樫井の家を継いでもらいたい。ずっと思っていた」

「それは、いずれ筆頭家老の地歩まで上れという意味か」

「そうだ。樫井には藩政に深く関わって欲しい。そして、もう誰も源吾のような目に遭わない政《まつりごと》を、あんな死に方……殺され方をしない政を執り行って欲しい。そうでなければ、源吾が浮かばれない。同じことが繰り返されるなら、犬死ではないか。源吾の死は、何の意味もなくなる」

「和次郎……」

「なあ、林弥、知っていたか。源吾は幽霊をひどく怖がってたんだ」

「え？　そうなのか。初耳だ」

「はは、おまえにばれると揶揄われると用心したんだろうな。何でも子どものころ、夜、厠《かわや》に行く途中で見たんだそうだ」

「幽霊をか」

「ああ。庭の石灯籠の後ろに女が立っていたのだそうだ。髷を結わず、髪は長く垂らしたままで白い衣を着ていた。それで、じっと源吾を見詰めていた」

「ふーん、絵草紙の幽霊そのままだな」

「で、源吾は厠どころではなく、部屋に駆け戻って夜具の中で震えていたんだとよ。厠にも行けず、そのまま漏らしてしまったらしい」

「何だ、それは。ただの寝小便の言い訳じゃないか」

「いや、その話をしたときの顔は尋常じゃなかったぞ。血の気が無くて震えていた。法螺《ほら》話をしているようには見えなかったな。ともかく、それからずっと幽霊が怖くてたまらないと言っていた」

　和次郎がため息を吐く。

「なのに、とっとと一人彼岸に渡ってしまった」

「ああ……」

「腹を切るとき、源吾が何を思っただろうと考えると……たまらなくなる。どれほど怖かっただろうかと……、悔しかっただろうかと、考えて……。死にたくなんかなかったはずだ。やりたいことがいっぱいあった。それを……。源吾には一片の罪もない。なのに、咎人墓だ。死んでまで、こんな目に遭わせやがって」

　和次郎の細い顎が震えた。

「おれは、だから、樫井に託したい。源吾の死を無駄にしない政を託したいのだ。おれたちでは、どうにもならない。けれど、樫井には機会がある。藩政の舵取りをする機会があるんだ」

「……樫井には樫井の生き方がある。おれたちの想いを押し付けるわけにはいかんだろう」

「綺麗事を言うな」

和次郎が立ち上がった。

「おれたちの生き方は全て決められている。道から外れることなど許されんだろう。樫井だけが好き勝手に生きられるわけがあるまい」

確かにそうだ。生まれ落ちたそのときから、生き方は定められている。枠からはみ出すことはできない。

でも、あいつなら、樫井透馬なら枠など跨《また》ぎ越してしまうのではないか。

「帰る」

和次郎が立ち上がり、背を向けた。

「和次郎、道場に出てこい」

遠ざかる背中に声をぶつける。

和次郎が緩慢な動きで振り向いた。

「剣が何の役に立つ」

「え?」

「励んで、励んで剣の腕を磨いて、何の役に立つんだ、林弥」

武士なら剣に励むのは当たり前ではないか。

答えるのは容易いはずなのに、林弥は何も言えない。

風が線香の灰をさらっていく。残り香まで消えてしまった。

和次郎が目を伏せた。

「すまん。つまらぬことを口走った。忘れてくれ」

「つまらぬことではない。しかしな、和次郎」

「道場には近く顔を出す」

顔を上げ、そう告げた後、和次郎は唇の端をひょいと持ち上げた。笑ったつもりなのだろうが、かえって強張りを感じさせる。こんな笑み方をいつの間に身に付けた？

「久々に竹刀を握りたいと思っていた。非番のときにでも稽古に出向く。師範代にそう伝えといてくれ」

「……ああ」

「じゃあな、林弥。逢えてよかった」

ひらりと手を振って、和次郎は身をひるがえした。そのまま、足早に遠ざかっていく。

あの硬い笑みも相手の言葉を断ち切る物言いも実のない約束も、和次郎のものではなかった。少なくとも林弥の知っている山坂和次郎は、心にもない笑みを浮かべたり、その場しのぎの取り繕《つくろ》いを口にしたりはしなかった。

だけど……。

さっきの憤怒《ふんぬ》は、和次郎だ。

源吾の無念な想いに、心を馳せて憤る。昔のままだ。

おまえは少しも変わらぬのにな、源吾。

頭上で木々がざわめく。

末枯《すが》れ葉が二枚、石塊の墓の上に落ちて重なった。


家に帰ると、みねの機嫌がすこぶる悪い。いつもなら、足を洗う湯を運んできてくれるのだが、今日は素振りも見せなかった。別に構わない。林弥は季節に拘わらず、きんと冷えた水で洗うのが好きだった。小舞の水は清く、心地よい。

「うーん、江戸の水よりよほど美味いな」

透馬が珍しく素直に感嘆したほどだ。

林弥が足を洗い終えたのを見計らい、みねが、

「お文が届いておりますよ」

と、告げた。口調も眼つきも尖《とが》っている。

「文が？」

もしや、樫井からか。

一瞬、そう思ったが、みねは不愛想な顔つきのまま、一度鼻を鳴らし言い捨てた。

「女の方からでございますよ。それも舟入町《ふないりまち》の」

「え、舟入町？」

舟入町は柚香《ゆかげ》下川の河岸にそって広がる町だ。昼と夜、別の姿を持つ。

昼は点在する河港に豪商の蔵が立ち並び、荷船が途切れることなく出入りする。舟入という名の所以だ。が、日が落ちると様相は一変する。路地路地に軒行灯《のきあんどん》が灯り、女たちの嬌声が響く。

小舞随一の色里が現れるのだ。

小舞の男たちの多くが、ここで女を知った。

「まったく、いつの間に舟入の女などと馴染みになったのです」

「は？　そんな覚えはまったくないぞ」

「まあ、おとぼけまで使えるようになったのですか。林弥さまも隅に置けない男におなりになったのですねえ」

「だから、とぼけるもなにも、まったく心当たりがないんだ。女って、どんな女なんだ」

「知りませんよ。届けてきたのは子どもなんですから。女に頼まれて来たっていってましたよ。林弥さまに直《じか》に渡すんだと言い張って。でも、林弥さまがいつ帰ってくるのかわからないのにずっと待たせておくわけにもいかないじゃありませんか。何とか宥《なだ》めすかして、受け取っておきました」

唇を尖らせて、みねが折り畳まれた紙を差し出す。

「大奥さまも若奥さまもお出かけでしたので、内緒にしてあります」

声を潜め囁《ささや》いた。耳朶《じだ》に息がかかって、くすぐったい。

「ですけどね、女もほどほどにしておかれませ。文まで寄こすなんて、厄介な女かもしれませんよ」

みねの誤解を解く気は失せていた。文に心が傾く。

いったい誰から？

まとわりついてくるみねの視線を避け、部屋で文を開ける。

願いの儀、これあり。
お出で乞う
あけ屋　そで

僅か三行の文だった。離縁状より短い。

あけ屋　そで。

あっと声を上げていた。

おそでは、舟入町の遊女宿『あけ屋』で働く女だ。源吾の初めての女だった。源吾から託された文を届けに行った。あのとき耳にしたおそでの嗚咽《おえつ》は長く林弥の耳底に残って、今でも時折よみがえる。

遊女の実《まこと》ほど虚しいものはない。

誰もが言うし、確かにその通りなのだろう。けれど、閉じられた襖《ふすま》から漏れてきた声は実だった。死者のために流した涙だ。不実なわけがない。おそでは、二度と客にはなれない源吾のために、本心から泣いてくれたのだ。

丸顔で目尻のさがったおその、優し気な面輪《おもわ》が浮かぶ。はっきりと思い出せる。

おそでどのが何のために、おれを呼び出す？

客になってくれと誘うつもりではあるまい。それなら、三行だけの文など寄こさないだろう。

もう一度、文に目をやる。

おそで自身の手なのだろう。どことなくぎこちなく、拙《つたな》い。それでも、懸命な想いは伝わってくる。

おそでは林弥を待っているのだ。

翌日の夕暮れにはやや早いころ、林弥は舟入町へ足を向けた。この刻なら、まだ『あけ屋』の商売は始まっていないはずだと考えたのだ。和次郎に声を掛けようかとも思案したが、止めた。非番で家にいるとは限らなかったし、昨日の様子に遠慮が働きもした。

みねの留守を狙って、家を出た。何となく後ろめたい。これが色里に通う心持ちかと、一人笑ってしまう。

掘割に架かる大根橋を渡る。

色里には不釣り合いな名だが橋そのものは紅色に塗られ、月や落日の光に照らされて妖しく煌《きら》めく。ただし、昼間の日の下では、ただの紅い橋でしかなかった。

舟入町の路地は静まり返って、人の気配さえ窺えない。気怠《けだる》さだけが漂っている。猫が数匹、道の真ん中で眠っていた。林弥が傍らを通っても逃げる風はない。呑気なのか図太いのか人を舐めているのか欠伸《あくび》を一つ漏らして、また目を閉じた。

庇《ひさし》がせり出して日を遮り、薄暗い路地を歩く。たまにすれ違う女たちは湯屋の帰りらしく、白粉《おしろい》焼けした顔を林弥に向けて何故か忍び笑いを零《こぼ》した。

「おやおや、日暮れが待てない客だよ」

「若いからねえ」

「あたしが遊んでやろうか、お兄さん」

「ちょっとおよしよ、あんたのご面相じゃ、日中は無理さ」

「あんたに他人《ひと》の面をどうのこうの言えるもんかい」

「お兄さん、ちょいとあたしたちを見比べておくれよ」

「なんだったら、下の口も比べてくれていいよ」

くすくす、くすくす。

くすくす、くすくす。

忍び笑いが絡み付いてくる。

林弥はそ知らぬ振りをして、路地の奥に急いだ。

『あけ屋』の前には水が打ってあった。掃除も行き届き、一見、小ぎれいな料理屋のようだ。中に入ろうとして、足を止めた。とっさに振り向く。

視線？

誰もいなかった。

女郎宿も茶屋もまだ固く戸を閉じて、ひっそりと気配を断っている。さっきの猫も女たちもいない。

気のせいか……。

首の後ろを撫でてみる。

やはり、気が張っているのだろう。ありもしないものを感じてしまう。気息を整え、『あけ屋』の格子戸に手を掛けた。

名を伝えると、すぐに小座敷に通された。さすがに茶までは出なかったが、前におそでを訪ねたときは行灯部屋に押し込まれた。比べれば雲泥の差だ。そのときは、源吾の遺書を渡すための訪問だった。今日は、女から呼びつけられた。

何事なのか。

思案する間もなく、障子戸が開く。

「お待たせいたしました」

地味な小紋に身を包んだ女が入って来た。

「お久しぶりです、新里さま。よくお出でくださいました」

「あ……いや、どうも……ご無沙汰しており申す」

我ながら間の抜けた挨拶だ。

女がおそでだとはすぐにわかった。少し老けはしたが、垂れ気味の目も豊かな頬も前のままだ。ただ形《なり》はずい分と変わった。緋縮緬《ひぢりめん》の胴抜き、昼夜帯、蓮っ葉な口吻《こうふん》。いかにも遊女の風情だったおそでは、髷をきっちりと結い、薄化粧を施《ほどこ》し、商家の内儀といっても通りそうな姿に変わっている。もっとも、玄人であれば、おそでの何気ない仕草や眼つきに崩れた色香を嗅ぎ取るのかもしれない。

「呼ばれて参った。いかようなご用件であろうか」

少し、急いた口調で尋ねる。別に急いでいるわけではないが、遊女宿の座敷に座っていると思うと落ち着かない。やはり和次郎を誘えばよかったと、今更、悔んだりもする。

束の間、黙り込んだ後、おそでは小さな包みを差し出した。

「これを上村さまのお墓に供えてはいただけませんか」

「これは?」

「線香です。わたしが買い求めました」

「線香」

おそでの顔を見詰める。

咎人墓の禁をこの女は知らないのだ。

遊女は籠の鳥。おそらく、おそではここに来てから一度も大根橋を渡ったことがないのだろう。ずっと、この舟入町の一角で生きてきた。知らなくて当たり前だ。当たり前だが……。

林弥は線香の箱をそっと持ち上げた。良い香りがする。上物なのだ。

「わたしは身請けが決まりました」

おそでがいう。きっぱりとした口調だった。

「こんなわたしでも女房にと望んでくれる者がおりました。讃岐《さぬき》の廻船問屋の主です」

「それは祝着《しゅうちゃく》にござる」

身請けされ、商家の女房に納まる。遊女の辿り着いた場所とすれば、重畳《ちょうじょう》ではないか。

「それでは讃岐に参られるのか」

「はい。明日、発ちます」

「明日、急なことだな」

「遊女の身請けとはそういうものです」

おそでが笑う。けれど、眼差しは暗かった。

「上村さまの文に書いてありました。もし、わたしが小舞を出ていくことになったら、そのときは墓に線香の一本も手向けてくれと。線香は新里林弥という友に託してくれればいいと」

「あいつ、そんなことを……」

「源吾さんは淋しかったんだと思いますよ」

おそでの口調が僅かに砕けた。

「あの人、淋しがり屋だったから。一人になるのが嫌で、一人で暗い場所にいるのがなにより怖くて……。そんな話をしたことがありました。土の中なんて暗いでしょう。真っ暗でしょう。あの人、きっと怖くて淋しくて……、死にたくなんてなかったでしょうにね」

かわいそうに。おそでが呟いた。

「わたしは明日、讃岐に発ちます。もう小舞に帰ってくることはないでしょうよ。だから、お線香、お願いしたいんです。急ぎはしません。次の命日までに供えてくだされば十分です。新里さま、わたしはあの人との約束を守りたいんです。どうかお願いいたします」

おそでは深々と頭を下げた。肩が震えている。

「本当はお墓にお参りしたかった。でも、わたしは明日、亭主が迎えに来るまでここを出られません。迎えにきたら、そのまま讃岐まで連れていかれます。どこにも寄ることは許されません」

「それでは、まるで囚人のようではないか」

「囚人とそう変わりないかもしれませんね。わたしは所詮、金で買われた女。好きに動くことなどできませんよ」

「馬鹿な。かりにも妻として迎えようかという女を囚人まがいに扱うとは言語道断だ」

思わず声を大きくしていた。

おそでが唇を薄く開ける。

「まあ、よく似ていること」

「え？」

「わたしの身の上話を聞いて、あの人も本気で怒ってくれましたよ。実の父親に酒代のかたに売り飛ばされたって話にね。そして、わたしを抱いてかわいそうにって泣いたんです。ほんとに泣いてくれたんです。あんなに本気で本心から、怒ってくれた人も泣いてくれた人もいなかった。ですからね、新里さま。わたしは幸せ者なんですよ。あの人のおかげで、幸せなんです」

おそでは林弥に向かって頷いた。

「あの人が新里さまに託せといった意味、わかりますよ。よく似ているんですね。あの人とあなたは」

源吾と気性が似ていると感じたことも言われたこともない。けれど、似ているのなら嬉しいと思う。

「おそでどの、承知した。これはそれがしが預かる」

線香を胸元に押し込む。

おそでが長い息を吐いた。

路地に出ると、店の軒下に行灯が灯り始めていた。

源吾、おまえもあの禁を知らなかったのか？　おまえのことだ。何にも知らなかったんだろうな。でもな、届けてやるさ。おそでどのの真心だ。無駄にはできない。

胸の上から線香を押さえる。微かではあるが馥郁《ふくいく》とした香りがする。

不意に袖を引かれた。

「ねえ、ちょっと、遊んでいきなよ」

甘ったるい声がした。遊女の客引きらしい。

「いや、おれは客にはならん」

手を払った。つい力が入ったのか、性急な動きとなった。

「きゃっ」

女が小さな叫びをあげて、よろめく。

とっさに手を伸ばし抱きとめていた。

「あ、すまぬ」

手の中に女の熱く、柔らかな身体がある。

「大丈夫か。手荒くする気はなかったんだが」

女が顔を上げる。

林弥は息を呑んだ。

心の臓が縮んだ。確かに、縮んだ。

義姉上。

女が紅を塗った唇を横に広げた。

「あたいと遊んでいかないかい、お侍さん」

三　出逢いの風

　座敷は薄暗く、少し寒かった。隅に火鉢が置いてあるが、火の気はなく、むろん鉄瓶もかかっていない。行灯も点いていなくて、障子窓からの夕明かりだけが、淡く周りを照らしていた。それも、間もなく薄れ消えていくだろう。そのころから、この一画は女の嬌声と軒行灯の明かりに塗《まみ》れ始めるのだ。舟入町の夜の顔だった。

「ごめんなさいよ」

　がたがたと軋《きし》みながら障子が開いて、女が入ってきた。

「賄《まかな》い場が込んでてね。料理に手間取ってしまって、すっかりお待たせしましたよね。堪忍ですよ」

　言葉のわりに悪びれた様子もなく、女は膳を林弥の前に差し出した。上には金物の銚子と盃が二つ、小舞《おまい》で〝ざっぴん〟と呼ばれる川雑魚の甘露煮と瓜《うり》の漬物が載っていた。

料理と呼べるほどの代物ではない。

小舞の鮎は名魚との誉れ高く、古くから将軍家への献上品ともなっていた。ざっぴんは鮎より他の川魚を等し並に指す言葉で、皿一盛で鮎の半値以下だ。小舞では半人前、役に立たない者を罵《ののし》って「ざっぴん野郎」と呼ぶ。ただ、鮎は夏魚でしかないが、ざっぴんたちは真冬を除いて年中獲れた。秋から初冬にかけては脂がのって、なかなかに美味になる。鮎は町中に出回るようになっても一尾二百文を下ることはまずないが、ざっぴんなら百文足らずで山ほど購《あがな》えた。

城下を流れる柚香下《ゆかげ》、槙野《まきの》の両川の漁は、定められた漁師組合の者しか許されておらず、鵜飼を行う柚香下では特に厳しく禁じられていた。ざっぴんも買えない者は、城下を離れ、小舞の領地の外れ辺りまで出向かなければ小魚さえ口に入らない。

「さ、どうぞ。召し上がれ」

女が銚子を持ち上げる。先まで白塗りした指は細く、小振りの銚子さえ重そうに見えた。

女は梶《かじ》と名乗った。

それが本名なのか作り名なのか、林弥には窺い知れない。

「ささ、どうぞ。ぐっとおやりなさいよ、お侍さん」

お梶が身体をもたせかけてきた。

熱い湿った身体だ。華奢に見えるのに、しっかりとした肉の重みが伝わってくる。はだけた胸元から、きめ細かい滑らかな肌が覗いていた。

ざっぴんはやたら辛く箸が進まなかったが、酒はさほど不味くはなかった。口当たりが柔らかい。良し悪しを語れるほど酒を知っているわけではないが、飲み易いとは感じた。

盃を呷《あお》る。さらに注ごうとするのを手で制する。

「あら、もう飲まないんですか」

「うむ。もう十分だ」

「お酒、弱いんですか」

ちらり。お梶が見上げてくる。林弥の肩にさらに、しな垂れかかってきた。

「あまり強い方ではないと思う。酔い潰れたことはないが」

「まあ、それじゃあ駄目ですよ、お侍さま。若いうちにとことん、潰れるまで飲んでみないと。若いからできるんですよ。年を召してからじゃ酒は毒にしかなりませんからね。あら？　何がおかしいんです。何で笑ってるんですか」

身体を起こし、お梶が瞬きをする。

「いや、すまぬ。そなたがあまりに年寄り臭いことを言うものだから、おかしくて」

「まっ、年寄り臭いだなんて」

「幾つだ」

「え？」

「そなたの年だ。まだ二十歳にはなっていないだろう」

「知りませんよ。女郎に年なんか聞かないで欲しいね」

お梶は唇を突き出し、横を向いた。すねた横顔に、一瞬、少女の面影が走る。若いのだ。おそらく、自分とそう違わない年だろう。

「飲まないんだったら……」

お梶が顔を向け、口元だけで笑って見せた。少女の影が消えてねっとりと色香が滲み出てくる。

「あたいを抱くかい」

お梶は笑いながら腰をくねらせた。襦袢の前が割れて、太腿が露わになる。

「いや、今日は帰る」

林弥の一言に、お梶は目を見張った。そういう表情が驚くほど七緒に似ている。顔の造作ではなく、張り詰めた目だとか、ほつれ毛を掻き上げる仕草だとか、首の傾《かし》げ方だとか些細なところだ。でも、似ている。夕暮れの路地で声をかけられたとき、心の臓が縮まった。刹那ではあったが、七緒にぴたりと重なったのだ。落ち着いて、よくよく見れば背丈も年齢も違う。それなのに見間違えた。

他の者を義姉上と間違えるなんて。

ありえない。林弥にとって七緒は、どこにも紛れない、誰にも代えられない相手だ。心が揺らぐ。七緒に似た女を振り切れない。手を引かれて、座敷に上がり込んでしまった。座敷は寒く、女は白粉《おしろい》の匂いを纏《まと》っていた。七緒ではない。別人だ。

何をやってるんだ、おれは。

唇を噛む。自分がひどく間抜けにも、愚かにも、情けなくも感じられる。いや、実際、その通りだ。

「え、帰るって、ちょっと待ってよ。そんな、何にもしないで帰るつもりかい。それじゃ、あたいの立つ瀬がないよ」

白塗りの指が縋《すが》りついてくる。意外なほど強い力で引っ張られた。

「ねえ、お願いだ。抱いてよ。何か気に障ったのなら謝るから。ね、この通り、勘弁してくださいな」

お梶は両手を合わせ、拝む真似をした。語尾が震えている。

「お侍さん、今日初めての客なんだよ。このまま帰したら、験《げん》が悪くて……。女将《おかみ》さんに怒られるよ。ね、ね、お願い。どこが気に入らなかった？　頼むから、夜具に入ってくださいな」

お梶の双眸《そうぼう》から涙が零《こぼ》れた。頰を伝い白粉で汚れた涙は、顎の先から滴って落ちた。

「あ、いや、そんな泣くほどのことでは……。あ、金なら払う。ちゃんと払うから、心配するな」

「金だけじゃ駄目だよ。せっかくのお客に愛想つかされたと思われたら……」

「どうなるのだ」

「折檻《せっかん》される」

お梶が身を震わせた。口元が歪む。

「折檻だと」

「そう。粗相《そそう》をした女郎は必ず折檻されるのです」

「どういう折檻なのだ」

懐紙を取り出し、渡す。お梶は両手で受け取ると、頭を下げた。

「いろいろですよ。どんな粗相をしたかによるし……。お客の機嫌を損ねたり、いつまでも客がつかなかったりしたら、ご飯を抜かれます。丸一日、何にも食べさせてもらえなかったりして……」

「それは惨《むご》いな」

「いえ。それくらいなら折檻の内に入らないかもしれません。お茶や水は飲めますからね。お客と揉め事を起こしたりしたら、荒縄で縛り上げられて納戸に放り込まれるのです。水も食べ物も一切与えられずに、長いと二日も三日も。納戸から出されたときには、半死半生になってますよ。他にも、真冬に井戸水を被せられたり、鞭《むち》で叩かれたり、梁《はり》からぶら下げられたりもします」

「真《まこと》か」

「嘘をついたって始まらないでしょ。みんな、本当のこと。お侍さんがここで帰ったりしたら、あたしの粗相になる。きっと、女将さんに問い詰められて、おまえの客あしらいが拙《まず》いのだと酷く叱られて、物差しで打たれたり、蹴飛ばされたり……」

お梶がわっと泣き伏した。

少し、芝居掛かり過ぎだな。

林弥はため息を吐きそうになった。女郎の手練手管と呼ぶには、あまりに幼い。が、その幼さがかえって胸を打つ。お梶の必死さが伝わってくるのだ。涙は嘘でも、折檻への怯《おび》えは真実ではないのか。

「わかった。もう少し、ここにいよう。酒を注いでくれ」

腰を落ち着け、盃を摘み上げる。お梶が顔を上げた。手早く懐紙で頬を押さえ、裾の乱れを直す。嬉し気に微笑むと酒を注ぎ、いそいそと行灯に灯をともした。

まったく甘いな。笑っちまうぜ。

透馬の声が聞こえた気がした。あの男なら、女の涙や泣き言に絆《ほだ》されたりはしないだろう。「人が生きるのに苦労はつきものだ。身体を鍛え、打たれても蹴られても応えないようにすればどうだ」などと、埒《らち》もない戯言《ざれごと》を残して、さっさと帰ってしまうだろう。あの軽やかさはどうしたら身に着くのか。透馬のことを考える度に、羨望に似た想いに胸底が疼いた。いや、あれは軽やかさではなくて、ただのいい加減な気質なのかもしれないと思い直す。それでも、疼きは消えなかった。

「お客さん、もしかしたら女が嫌いなんですか」

お梶の声が傍らでした。

「え？　何か言ったか」

「あらやだ、やけにぼうっとした人だね。あのね、女が嫌いなのかって聞いたんです。つまり、男の方が好みなのかってこと」

「はあ？」

「時々、いるんですよ。女郎屋に来ていながら、どうも女はしっくりこないなんて言う男。うちは陰間《かげま》茶屋じゃないんだから。男が好きなのにどうして女郎屋に来るんでしょうかね」

「いや、おれはそういうわけじゃなくて……」

「まっ、お客さん、顔が赤くなってる。初《うぶ》だねえ」

ころころとお梶が笑った。屈託のない笑顔だ。

あ、やはり……。

似ている。口元を押さえて笑った顔つきが七緒に似ている。七緒はべったり白粉も塗らないし、大口を開けることもない。しかし、よく笑う性質《たち》ではあった。兄がいたころ、林弥は義姉の控え目な、しかし、生き生きと弾む笑声を何度も耳にしたし、笑う姿を何度も目にした。〝笑む〟には、蕾《つぼみ》がほころぶ、花が開くの意味もあると、通っていた私塾で学んでいた。ただの知識でしかなかったものが、七緒の笑顔を見たことで現《うつつ》の手応えに変わった。

七緒は花が開くように笑うのだ。

お梶は花ではなく、実が弾けるみたいな笑い方をした。活きがいい。でも、どこか優美だ。言葉遣いは雑でも、仕草に品がある。その優美、その品が七緒に繋がったのだろうか。

「そなた、武家の出なのか」

ふっと尋ねていた。回り始めた酒の酔いが口を軽くしたようだ。

「は……」

とたん、お梶の表情が強張った。眼の中に光が走る。酔いが醒めるほどの険しい気配が光から放たれる。ほとんど殺気に近い。とっさに、林弥は身構えていた。

「やだ、お客さんたら何を言い出すかと思ったら」

あはははは。お梶は天井を仰いで大笑する。行灯の明かりが呼応するごとく、揺れた。

「あたしが武家の出？　そんなこと、あるもんかい。あたしは川漁師の娘だよ。柚香下の下流の村の出なんだ。おとっつぁんが根っからの博打《ばくち》うち、おまけに酒好き女好きのどうしようもない男でさ。あちこちに借金をこさえて、それを返すために娘を売ったんだ。酷い話だけど、女郎屋にはごろごろしてる話でもあるさ。亭主に裏切られた女房、兄に売られた妹、そんなのばっかしなんだよ。みんな貧しい家の女さ。ははは、おかしい。武家の出かなんて聞かれたの、初めてだ」

お梶がまくしたてる。口吻も、蓮っ葉になっていた。

わざとか。

わざと浮薄で騒がしい物言いをしている。さっき、ちらりと見せた仕草、作法に則《のっと》った優美な動きを消すために。

酒を飲み下し、林弥は黙り込んだ。お梶も口をつぐむ。

日は既に暮れて、灯心の焦げる音だけが微かに聞こえていた。

「ねえ、抱きなよ」

お梶が帯を解く。

「女が嫌いじゃないなら……いいだろう」

熱い身体がまた、しなだれかかってきた。

「あたしも商売だからね。何にもしないで銭を貰うわけにはいかないんですよ。ね、いい目を見せてあげるよ。浮世の憂さを忘れさせてあげる。ほんの一時だけどさ」

お梶は林弥の手を取ると、自分の股の間に挟んだ。目を閉じて、頬を肩にもたせかけてくる。

ほんの一時、忘れられるのか。

手のひらに女の湿った熱が伝わってくる。

この熱に溺れれば、その間は忘れられるのか。

七緒からも、七緒を縛り付けている兄からも解き放たれるのか。

だとしたら……。指に力を籠める。お梶が小さく息を吐き出した。

忘れたいのか。

声がした。若い男の声だ。林弥は酒の匂いのする唾を呑み込んだ。

誰の声だ？　樫井か？　和次郎か？

違う、おれだ。おれがおれに問うている。

おまえは本当に忘れたいのか。逃れたいのか。背を向けたいのか。どうなんだ、林弥。

お梶が見上げてくる。半分影になった面の中で、双眸が黒く煌《きら》めいた。美しいと、林弥は感じた。

この女は美しい。けれど、七緒ではない。

腿の間から手を抜く。指先が冷えていく。手のひらだけが火照《ほて》っていた。

「今日はやはり、帰る。もう帰ってもいい時分だろう」

「お客さん……」

「新里という」

「はい？」

「おれの名だ。新里林弥」

「新里さま、ですね」

「そうだ。また来る」

お梶の眉がひくりと動いた。

「また来てくれるのですか」

「近いうちに、必ず」

お梶が目を伏せた。寸の間、俯けた顔を上げたとき、笑みが広がっていた。どこかぎこちない作り笑いだった。

「そりゃあ嬉しいねえ。ほんとですよ。待ってますからね、新里さま。お出でになるのを心待ちにしてますから、忘れちゃ嫌ですよ」

お梶は作り笑顔のまま林弥の腕を摑んだ。不意に声音が硬くなる。硬い声で囁く。

「駄目ですよ。そんなに容易く、女郎に本名を教えたりしては」

林弥は女を見下ろした。視線が絡んでくる。

「本名かどうか、わからんだろう」

「わかりますよ」

お梶は真顔だった。視線を絡ませたまま言う。

「嘘名か真名かなんて、すぐにわかります。新里さまみたいに、真っ直ぐに短く伝えてくるのは、みんな本名です。よほど吐《つ》き慣れていない限り、嘘にはどうしても飾りを付けてしまいますからね」

「飾り？」

「嘘だから実がないでしょ。中はすかすかなわけですよ。だからついつい周りを飾り立てる。名前だったら……そうですね、母方の祖父《じい》さまが付けたんだの、父親の一文字を貰っただの、代々跡継ぎの子が名乗る名前だの、こちらが尋ねもしないことをべらべらしゃべってねえ。そのうちしゃべり過ぎて辻褄が合わなくなったりして、でも、本人は気が付かなくてしゃべり続けてるんですよ。見ていておかしいけど、こっちも商売だ。笑うわけにも、嘘だ嘘だって騒ぎ立てるわけにもいかないでしょ」

お梶が肩を竦《すく》めた。何を思い出したのかくすくすと笑う。泣いて、笑って、すねて、翳《かげ》って、また笑う。目まぐるしく表情が変わるのだ。女郎だから、女だからではなく、持って生まれた気質のように思えた。おもしろい。

「だから、そうだね、嬉しいよって、『また必ず来てください。待っていますからね』って心にもない台詞《せりふ》で見送るんです。嘘には嘘しか返せませんからね」

「なるほど。嘘には飾りが付くか。深いな」

「まっ、そんな、本気で感心しないでくださいな。ふふっ、新里さまってほんとに、何でも本気なんですねえ」

「うん？」

お梶が身を寄せ、背中に身体を押し付けてきた。

「嘘、つかないでくださいよ。また必ず来てください。待っていますからね」

「え？」

振りむき、お梶の口元を指差す。

「それ、心にもない台詞ってやつじゃないか」

「あらまあ、やだ」

お梶が両手で口を押さえて、半歩さがった。

「違いますよ。今のは本気の本気なんですから」

「どうだろうか。本気を繰り返すところが怪しい」

「そんな意地悪、言わないで」

お梶の唇がつっと尖った。やはり、あどけなさが漂う。


おもしろい、そして、不思議な女だ。

大根橋の中ほどで、立ち止まる。今一度、振り返ってみる。

舟入町の明かりが闇に咲いていた。風に乗って、嬌声や酔声、三味の音が流れてくる。橋を渡る男たちの下駄が鳴り、犬が吠える。そこに、瀬音が混じり込む。

林弥は紅い欄干の橋を渡り終え、足を速めた。

お梶。

女郎の荒《すさ》みも崩れもありながら、人の根の一点があどけなく、素直で優美だ。下卑た誘い方をするくせに、眼の奥に真摯な光がある。おもしろい。不思議だ。

どういう生き方をしてきたのか。どんな経緯《いきさつ》で、舟入まで流れてきたのか。漁師の娘ではあるまい。おそらく武家の出だ。頑なに隠し通そうとするのは女郎の身を恥じてのことか、他に事由があるのか。疑問は次から次に湧いてくる。

気になるのだ。

七緒に似た女の来《こ》し方も行く末も気になる。

風が吹いた。

足が止まる。

林弥は鯉口《こいぐち》を切りながら、身体を回した。

誰もいない。

大根橋から舟入町までの賑わいはすでになく、川音だけが変わらず響いていた。柚香下の支流になる松川の音だ。このまま真っ直ぐ進めば、寺町に入る。寺町は広く、藩主の墓所である顕順寺をはじめとして古刹、名刹が並んでいた。この刻、すでに門は閉ざされ、明かりは僅かも窺えない。舟入町とはまるで異質の夜がここにあった。

「誰だ」

誰何《すいか》の声をあげる。

誰かがいた。視線を感じたのだ。細い針で刺されでもしたように感じた。鋭利な、殺気を含んだ視線だ。

これで二度目だ。『あけ屋』に入る寸前、視線を感じた。あのときより遥かに尖っている。前は軽く突かれた程度だったが、今は針先が食い込んだほどの覚えがあった。

気息を整える。四方の気配を探る。

何もない。ただ、闇が広がっているだけだ。

柄《つか》から手を放す。大きく息を吐く。

そして、気が付いた。

兄結之丞《ゆいのじょう》が倒れていたのは、この先、寺町の一角だった。

おれも狙われた？

ふっと浮かんだ疑念に自分で答える。

いや、それはないな。

兄の暗殺の裏側には執政たちの確執があり、戦いがあった。結之丞は勘定方役人であり、そのために政争の渦に巻き込まれた。林弥は新里家の当主とはいえ、まだ無役であり藩政に僅かな関わり合いさえないのだ。

もう一度、辺りを見回す。

人どころか猫の子一匹、いない。気配も感じない。しかし、気のせいではなかった。

誰かが確かに見ていたのだ。

樫井か？

樫井透馬だろうか。やはり、江戸から戻っているのでは。

首筋を撫でる。指先に血が付きそうな気がした。

違うな、樫井ではない。あいつなら、こんな剣呑《けんのん》な気を発したりしない。樫井ではない。では、誰だ。

遠くで犬が吠えた。

夜風が頬を撫でる。林弥は鯉口をゆっくりと閉じた。

「お帰りなさいませ」

家に帰ると、七緒が茶を運んできてくれた。夜風にさらされた身体にはほどよい温かさの茶だった。

「夕餉《ゆうげ》はどうしましょう。ご用意してもよろしいですか」

「あ、はい」

酒の酔いが残っていて、食べるより眠りたい。そのくせ、空腹でもあった。腹が満たされていないのだ。

「義姉上、ざっぴんの甘露煮はありますか」

「ざっぴん？　ええ、甘露煮なら、たくさん作り置きしてありますが召し上がりますか」

「ぜひに。できれば酒を一本、つけてもらいたいのですが」

「まあ、お酒を」

七緒が瞬きする。軽い驚きが顔に出ていた。

「駄目ですか」

「駄目なんてことはありませんよ。でも、林弥どのがお酒を所望されるのは珍しゅうございますね。何かいいことがありましたか」

「残念ながら祝杯ではありません」

「でも、自棄酒《やけざけ》でもないですよね」

「はい。ただ、義姉上の美味いざっぴん料理を食べたくなっただけです。酒はおまけです」

「お酒がおまけになるのですか。わたしの料理は、そんな大層なものじゃありませんよ。あら」

七緒がつと手を伸ばしてきた。

「肩のところが汚れておりますね」

七緒の指先が肩に触れる。それだけのことなのに、甘く痺《しび》れる。

今一歩、踏み込んだら……。一歩踏み込んで抱き締めたら……。

ふわりと白粉が匂った。

七緒が指を引き込める。目を伏せる。

「では、すぐに膳の用意をしてまいります」

伏し目のまま一礼すると、部屋から出ていった。

「あ……」

肩に白粉が薄くついている。店を出るとき、お梶が叩いてくれたのだが、まだ、残っていたらしい。

慌てる。慌てながら胸の内で訴える。

義姉上、違います。わたしは女郎遊びをしたわけでは……。

林弥は一つ、ため息を吐いた。

おれは何をやってるんだ。

袴を脱ぎ捨て、その場に寝転がる。

本当に、何をやってるんだ。

天井を見上げる。黒く闇に塗り込められ、ほとんど何も見えない。行灯の明かりが微かに端を照らしているだけだ。

おれはいつ、一人前になれるのだろう。

元服を済ませたとか、女を知ったとかではない。兄のように堂々と想うた相手を妻にと望める力、全てを呑み込んで他人を支えられる力、一人前と呼ばれるために要る力だ。今の自分はあまりに微力だ。結之丞は若い大樹だった。地に根を張り、空に枝を伸ばし、母を妻を弟を守り続けた。それに比べれば、自分はまだ貧弱な細木に過ぎない。風に折れ、雨にしな垂れる。

つい零れてしまうため息が情けない。

そういえば、このところ、兄の声を聞かなくなった。源吾は時折、囁きも笑いも語りかけてもくるというのに。

おれは兄上から逃げたいのだろうか。

生きて現《うつつ》にある者ならば追い付くことも、乗り越えることも、そのために懸命に励むこともできる。大きな目途にできる。けれど、兄はもういないのだ。七緒の中に、林弥の内に思い出として残っているだけだ。だから、ずれる。七緒の想う新里結之丞が林弥には摑み切れない。七緒にとっての結之丞と林弥にとっての兄が僅かずつ、ずれ始めている。

死ぬとはそういうものなのかもしれない。

現の心身が消えてしまえば、人の輪郭は曖昧になり、変化する。

天井を見つめ続ける。

兄上……。

誰よりも好きだった。頼りにしていた。誇りに思っていた。いつか追いつきたい師であった。

今も想いは褪《あ》せてはいない。ただ、苛立ちが募《つの》りもするのだ。

死してなお、七緒を放さぬ男に苛立つ。苛立ちは焦りにも、怒りにも姿を変えて、林弥の内を駆け巡るのだ。

ああと声を上げそうになった。

お梶の後ろに兄はいない。

七緒に似た顔立ちの女郎は新里結之丞を引きずっていないのだ。

肩の匂いを嗅ぐ。

白粉の匂いは微かになり、それでも、仄かに甘かった。

いつの間に寝入っていたのか、ふと目覚めると漆黒の闇の中にいた。ひどく喉が渇く。

あ、いつの間に……。

夜具が掛かっていた。七緒の心配りだろう。

喉が渇く。頭が重い。

林弥は起き出し、廊下の雨戸を僅かに開けた。

蒼い光が流れ込んでくる。外に目をやると満月にしてはやや歪《いびつ》な月が中天にあった。

座敷まで届いた月の光に、蝶足の膳が浮かび上がる。膳の上には銚子と小鉢、握り飯二つと大振りの湯呑が載っていた。湯呑には八分目ほど水が入っている。

それを一気に飲み干した。

美味い。甘露とはこのことかと思う。水と共に義姉の心遣いが染みた。染みて、少し痛い。眠気がまた頭の芯に絡みついてくる。瞼が重くなる。夜具にもぐり込むと、林弥は目を閉じた。


気配がする。

人の気配だ。それに起こされる。

誰か……いるのか。

目を凝らすと、黒い人影が見えた。座っている。

何者だ。

眠気は完全に消えた。頭は月の光よりもなお冴え冴えとしている。

盗人か。何をしている？

影は林弥に背を向けて、ごそごそ動いている。何か呟いたようだが、聞き取れない。傍らに手燭《てしょく》が置いてあった。それを手に忍び込んできたのだ。

盗人のくせに手燭を携えるとは、大胆なやつだ。

刀は大小とも床の間の刀架《とうか》だ。はっきりとは見定められないが、賊も丸腰のようだった。いや、懐に匕首《あいくち》を忍ばせている見込みは十分にある。

林弥はそっと身を起こした。賊を羽交《はが》い絞《じ》めにして、身動きできなくさせる。そのつもりだった。体勢を整える。

「やっと、お目覚めか。待ちくたびれたぞ」

賊が振り向きもせず言った。

え、この声は。

「うむ。久しぶりだな、新里」

声の主は手燭を持ち上げ、振り向いた。

「樫井！」

臙脂《えんじ》色の光の中で、樫井透馬がにやりと笑った。

四　吹き過ぎる風に

「樫井、おまえ……」

「驚いたか」

「驚いた」

「だろうな。驚かせたくて忍び込んだんだ。へへ、ここまで思い通りに振る舞ってくれると、愉快なことこの上ないな」

透馬の鼻がひくりと動いた。いかにも得意そうな顔つきになる。

林弥は行灯に火をつけた。

灯心が燃え、仄かな明かりをともす。

「それにしても、この家、些《いささ》か不用心ではないか。容易く塀を越えて入り込めたぞ。雨戸はちゃんと閉まってなかったし。あ、もしかしたらおれは夜盗《やとう》としてもやっていけるかもな。大名屋敷にでも忍び込める気がしてきた」

「夜盗になるために、小舞《おまい》に戻ってきたのか」

「笑えない冗談だ。夜盗を働くなら、江戸の方がよほど実入りがいいに決まっている。おれは、ただ、自分の多才ぶりに惚れ惚れしてるわけだ。身の軽さは半端じゃなかろう。夜盗はさておいて、鳶《とび》職ぐらいささっと熟《こな》せるな」

「樫井、飯粒」

「うん？」

「飯粒が口の端についている」

「え？　あ、うわっ、ほんとだ」

「あぁあ、膝の上にもぼろぼろ零しているじゃないか。おまえ、幾つだ。三つの子でも、もうちょっとましな食べ方ができるぞ」

「……腹が減ってたんだ」

透馬が肩を落とした。唇を尖らせ、目を伏せる。悪戯《いたずら》を見咎《みとが》められた童そのものだ。

「腹が減って、新里に何か食べさせてもらおうと思ったんだ」

「驚かすためじゃなく、食い物が目当てだったわけだな」

「有体《ありてい》に言えば、そうなる」

「それなら、表から入ってこい。なぜ、わざわざ塀を越えてくる」

「夜中だからな。他家をおとなう刻じゃない。さすがに、表から堂々ってのは憚《はばか》られるだろうが」

「夜陰に紛れて忍び込むのは憚らなかったのか」

「新里、相変わらず細かいな」

「おまえが大雑把すぎるんだ。ほら、飯を零すなって」

「あ、すまん、すまん」

透馬が慌てて飯粒を拾い上げ、口に運ぶ。

おかしい。おかしくてたまらない。

林弥は唇を噛んで、噴き出したいのを堪えた。そうしないと、際限なく笑い続けるような気がしたのだ。呑み込んだ笑いは震えながら、喉から胸へと落ちていく。

「握り飯がもう一つ、欲しいな。酒もざっぴんの甘露煮も欲しい。それと、水か茶がいる。この湯呑、空っぽだぜ」

「おれが飲んだからな。水ぐらいなら何とかしてやる。後は無理だな。夜中に台所でごそごそ動き回るわけにはいかん。それこそ、泥棒だ盗人だとみねが騒ぎ出す」

「みね、か」

透馬が舌を鳴らす。

「二年ぶりだ。懐かしいだろう」

「どうかな。みねのやつ山坂にはやたら甘いくせに、おれには冷たかったからなあ。愛想がいいのは、棚や木戸を直してやったときだけだった」

短い間だったが、透馬は新里家で居候を決め込んでいた。大食で遠慮がなく、山盛りの飯を二杯、三杯と平気で平らげた。みねには、それが気に食わなかったらしい。

「米は百姓が汗水垂らして作ったもの。それを召し上がるからには、それ相応の働きをしなんとなりませんが。働きもせず食うだけ食うなどと許されませんでな。ささ、動きなされ、動きなされ」

と鄙《ひな》言葉を混ぜて、透馬の尻を叩いていた。尤《もっと》も、透馬が天性の器用さを発揮し、傾いていた棚や建て付けの悪くなった戸をいとも易く直した折は、心底から喜んでいた。

そして、透馬が江戸に発ったと知ったときは、素直に淋しさを口にしたものだ。

「騒がしい若さまでございましたからねえ。もう、小舞におられぬと思えば、余計に胸がしんしん致します」

胸がしんしん。

確かにそのとおりだと感じた。源吾が亡くなり、和次郎も昔のように足繁く訪れてはこない。透馬まで遠く去ってしまい、新里の家が若いざわめきに包まれることはなくなった。

胸がしんしんする。

凍えた風が胸内を吹き通るような淋しさを、林弥もまた感じていたのだ。二年前、透馬が江戸へと出立した日、小舞に初雪が舞った。すぐに止んで、頭上には碧空《へきくう》が広がったが、風は冷たかった。小さくなっていく背中を見送りながら、身の内にも外にもしんしんと冷える風を感じたのだった。

失い、崩れ、去っていくものばかりだ。

兄も源吾も、屈託なく笑い合った日々も、みな春に降る雪に似て淡々と消えてしまう。

淋しいとは口が裂けても言えなかった。

武士だから、男《おのこ》だからではない。一度、口にしてしまえば、ずぶずぶと暗みに沈み込んでいく気がしたのだ。淋しさとは、そういうものだ。暗く冷たく、底無しで、人を呑み込む。ときに、刃よりも剣呑で恐ろしくさえある。

怖れる者を軟弱者と謗《そし》るのは容易い。嗤《わら》うのはもっと容易い。けれど、林弥は淋しさの怖さを知った上で、踏み止まれる者でいたかった。呑み込まれず立つ者になりたいと望む。

「しかし、美味いなあ、このざっぴん。うん、小舞の味だ」

透馬が満足げな息を吐いた。

「七緒どのの手だろう。まさか、みねが作ったんじゃねえよな」

ああ、樫井の物言いだと手を打ちたくなった。

威勢よく、品がなく、軽やかだ。

「義姉上の甘露煮だ。けど、樫井が戻ってきたと知れば、みねは喜ぶぞ。小躍り……まではせぬだろうが、抱きついてくるかもしれんな」

「みねに抱きつかれても、いっかな嬉しくない。どうせなら、七緒どのに労《いた》わって欲しいものだ」

透馬は指にくっ付いた飯粒を丹念に舐め取った。

「樫井」

「うん？」

「おまえ、かなり前に小舞に戻っていたな」

「戻っていた」

「いつだ」

少しは躊躇するかもと思ったが、間髪を容れず答えが返ってきた。

「ざっと二十日ほどになる」

「二十日？　そんなに前なのか」

「そうだ。秋の盛りのころだったかな。旅にはうってつけの季節だ」

「樫井の屋敷にいたのか」

林弥がそう問うたとたん、透馬の眉が吊り上がった。

「冗談も大概にしてくれ。どうして、おれが樫井の屋敷などにいなくちゃならねえんだ」

「おまえの家だからだ。教えといてやるが、おまえは新里ではなく樫井の家の者なのだからな。それを忘れるな」

透馬が肩を竦める。

「そりゃあ違うな。間違っているぞ、新里」

「間違っている？　何がだ」

「家というのは、居心地の良い場所のことを言うんだぜ。おれにとって、樫井の屋敷ほど気塞《きぶさ》い所はねえんだよなあ。変に静かで、暗くて、誰もかれも押し黙りやがってな。しゃべると舌が減るのかって、問い質してやりてえよ。それに比べると、ここはいい」

腕を伸ばし、透馬はそのまま寝転んだ。大の字になり、さらに伸びをする。

「実にいい。気持ちが解《ほぐ》れていく。飯も美味い。みねは些か口うるさいが、それもまた味なもんさ。七緒どのは麗しく優しい。都勢さまも寛容だし、言うことないな。文句など一言も出てこねえんだ」

「文句を言われて堪るもんか。じゃあ、おまえ、樫井の家に帰ってないんだな」

「近づいてもない」

「なら、二十日間、どこで何をしていた」

「上村の墓参りに行った」

「知っている。派手に線香を燃やしただろう。墓の前に灰の山ができていたぞ」

「嘘つけ。山ができるほど燃やしたら、どれだけ煙が出るんだよ。上村が墓の下で燻《いぶ》されちまうじゃねえか」

透馬が身体を回し、腹ばいになった。薄笑いが浮かんでいる。

「それより、なあ、新里」

「何だ」

「舟入町の女はどうだった？」

「は？」

口が半開きになった。息が喉の奥にからまって、林弥は咳き込んでしまった。からかうと透馬が笑う。

「ほんとにわかり易いやつだな。はは、別に隠すことでも慌てることでもないだろうが。元服したんだ。一人前の男となるために、女郎屋に通う。しごく当然だ。何の遠慮がいるもんかよ」

「ま、待て。樫井、何を言っている。おれは女郎屋に通ったりはしてないぞ」

けけっ。透馬が妙に下卑た笑声を漏らした。

「隠すな、隠すな。隠したって無駄ってもんさ。おれはこの眼でちゃーんと見たんだからよ。おまえが『あけ屋』から出てきて、ちょいと可愛い女郎と一緒に別の店にしけこむところを、な」

けけけ。わざとだろう。透馬は嫌な笑い方を続けた。

「見たって、どういうことだ？」

我知らず、首に手をやる。

あの視線。首筋を撫でるようだった、軽く突くようだったあれは透馬のものだったのか。心のどこかでは、よもやとは思っていた。鋭いけれど殺気を含まない視線に覚えがあったのだ。

「おまえ、舟入町にいたのか」

「そうなのだ。『あけ屋』の斜め向かいの家さ。『福家』って、ちょっとした小料理屋で……まあ、二階ではいろいろと別の商いもしているって店だがな」

『福家』？　小料理屋？　まるで気が付かなかった。

「小料理屋で飯を食っていたのか」

「働いてたんだよ」

「はあ？」

権勢並びなきと言われる筆頭家老の子息が小料理屋で働いていた？

「だから、一々、驚くなって。仕方ねえだろう。路銀を使い果たして、すっからかんになっちまったんだからよ。まさか、空《から》っ穴《けつ》で新里の家に転がり込むわけにもいかんだろうが。それくらいの気遣い、心配はするさ。となると、どうすべきかと思案していたときに、お里《さと》に拾われたんだ。大根橋の上でぼんやりしてたら、声をかけられた。さすがに女将だ。いい男ってのが一目でわかるらしい」

「女将……女か」

「男の女将がいるかよ。『福家』の女将さ。江戸の女みてえに気風《きっぷ》がよくてな。情も厚い、すっかり気に入られちまって、なにくれとなく面倒見てもらってた。あ、こっちが面倒見たとこもあったがな。つまり、まあ、いろいろとだ。そのあたりは勝手に察してくれ」

「なるほど、いろいろだな。で、今ここにいるってことは、『福家』の女将に愛想をつかされたってわけだな」

「なわけねえだろう。愛想尽かしじゃなくて嫉妬だ。おれが、若い仲居と懇《ねんご》ろになったと変に勘ぐって、きいきい騒ぎやがんの。うんざりして飛び出してきた」

透馬が舌を鳴らす。小鳥の鼠鳴《ねずな》きに似た音だ。

「そうか、懇ろになったのか」

「なってねえよ。虫籠が欲しいっていうから籤《ひご》でちょいちょいと作ってやったんだ。そしたらお礼だと菓子をくれたから、二人で食ったたって、それだけだぜ。それだけで、何で浮気者だの薄情者だの罵られなきゃならないんだ。濡れ衣もいいとこだ」

「うーん、濡れ衣と言えるかどうか……。女将の気持ちもわからんじゃないな。些か軽はずみだったのではないか」

「そんなことあるかい。ともかく、おれは頭にきてんだ。金輪際、お里の所には戻らない。てなわけだから、また、当分厄介になる。よろしくな、ご当主」

「は？　おまえまた、居候を決め込むつもりか」

「樫井の屋敷は論外、お里の所は飛び出してきた。となれば、ここしかなかろう。頼む、新里。まさか一文無しのおれを、寒空の下に追い出すような非情な真似はしねえよな。人の道にもとるってもんだ」

「おまえ一文無しなのか」

「うん」

「つまり空っ穴で転がり込んできたわけだ。気遣いや心配はどこに置いてきた？」

透馬は起き上がり、眉を顰《ひそ》めた。

「頼って転がり込んできたんだ。なのに、そういう皮肉を向けるか？　しばらく逢わないうちに、昔の純な心を失っちまったのか、新里。それは悲しいことだぞ。今からでも遅くはない。取り返せるように精進しろ」

透馬が洟《はな》をすすりあげる。

「おまえの調子のいいのは変わらずだな」

変わらずにいてくれた。樫井は樫井のままでいてくれた。そして、帰ってきた。

身体の芯が熱くなる。

変わらぬままなわけがない。二年は、十四歳の身には途方もなく長い月日であるのだ。自分も和次郎も前髪を落とし、家を背負って生きる。自分の為したことを、できなかったことを、やらねばならないことを背負う。巣の中で餌を待つ雛ではなく、己の翼で空を翔《か》ける若鳥だ。雛に戻りたいとは露ほども望まないが、身を寄せ合った温もりを忘れたくない。時の移ろいの中で変わらぬものもあると信じたかった。

樫井だけが好き勝手に生きられるわけがあるまい。

和次郎は言った。

そのとおりだ。生きられるわけがない。しかし……。

樫井ならと、思ってしまう。

樫井なら定められた道を堂々と外れて、好き勝手にどこかに進んでいくのではないか。行けるのではないかと、思わされてしまう。身分とか家柄とか定めとか、予《あらかじ》め決められた枠をものともせずに進む爽快さを、初めて出逢ったときも今も感じさせてくれる。変わらずにいてくれた。

「まあ、ともかく今夜だけは泊めてやる。明朝、義姉上や母上がどう言われるかだ。それによって……おい、樫井」

「何だよ」

「何だよではない。何故、おれの夜具にもぐり込んでいる」

「疲れちまってなあ。もう、瞼が開かない。お先に休ませてもらう」

「おまえがそこで寝たら、おれはどうするんだ」

「うーん、自分の身の振り方は……自分で考えろ……」

「そんな理屈があるか。おい、樫井」

寝息が聞こえてくる。瞬きの間もなく、寝入ったらしい。

呆れて、笑うしかない。膳の上の器はきれいに空《から》になっていた。銚子も振ってみたが、一滴の酒も残っていない。

今度は我慢できなかった。声をあげて笑ってしまう。さっき呑み込んだ笑いまで込み上がってくるようだ。

「よく帰ってきたな、樫井」

笑いが何とか収まった後、まだ明けやらぬ夜の中で林弥は小さく呟いた。

「まあ、樫井さま」

七緒が大きく目を見開く。それだけのことなのに表情が華やいだ。

「おやまあ」

と、みねは口を丸く開けたまま、暫く立ち尽くす。

「待《ま》ち侘《わ》びたお客さまがやっとおいでになりましたね」

都勢は柔らかく笑い、「お帰りなさいまし」と指をついた。

女三人三様の出迎えを受けて、さすがに照れたのか透馬の頬が仄かに赤らんだ。

「二十日も前に小舞に戻っていたそうです。にもかかわらず、我が家にも樫井の家にも足を向けず、あちこちふらふらして、ついに金が底をつき、つまり一文無しになって昨夜、転がり込んできました。当分、居候したいのだそうです」

「おい新里、その言い方はちょっとどうなんだ」

「どこか間違っているか」

「……いや、別に間違ってはおらぬが……。あ、一文無しとはいっても、着替えくらいは持っておりますので、ご安心ください」

「当たり前でねえですか」

みねが鼻から息を吐いた。

「着替えも持たない居候なんて、幾らなんでも図々しすぎますで」

「みね、口が過ぎますよ。樫井さまに無礼でしょう」

七緒が咎めると、みねは太《ふと》り肉《じし》の身体を縮めた。しかし、すぐに顔を上げにんまりと笑った。

「納戸の戸がどうにも具合が悪くて往生しておりました。樫井さま、朝餉を召し上がりましたら、早速にお願いしますが」

「納戸の戸だな。まかしとけ」

「それと、表座敷の襖《ふすま》の建て付けを直してもらいたいですが」

「合点」

「後は窓の格子を新しい物に取り換えるのと廊下の床下を……」

「これ、みね、いいかげんになさい。それでは、居候どころか体のいい奉公人ではありませぬか。おまえ、樫井さまをこき使うつもりなのですか」

みねは七緒に向かって、大きく頷いた。

「はい、もちろんそのつもりでおりますで。樫井さまは重宝《ちょうほう》なお方ですから、あれこれ、使わせていただきます」

「まあ……」

みねがあまりに堂々と言い放ったものだから、七緒は一瞬、絶句してしまった。

「おやおや、みねの方がよほど図々しいと露呈しましたね」

都勢がおっとりと口を挟む。

「大奥さま、わたしは図々しくなどありません」

みねがぷっと頬を膨らませた。

「すげえな。みねは怒ると顔がまん丸になる。まるで、釣り上げられた河豚《ふぐ》じゃねえか」

すかさず、透馬が茶々を入れる。林弥より先に七緒と都勢が笑声《しょうせい》を上げた。一呼吸遅れて、みね本人が笑い出す。年齢も身体付きも違う三人の声は縺《もつ》れ合い、絡まり合って心地よく四方に響いた。

その日から、みねの下知《げち》に従い、透馬はよく動いた。

上午《じょうご》に屋根の雨漏りを修繕していたと思ったら、昼過ぎには庭の一隅に鳥小屋を建て、翌日にはそこに、みねの実家から届いた鶏の番《つがい》を入れて世話をする。戸の建て付けを直し、襖を張り替えた。包丁を研ぎもしたし、庭木の剪定も見事だった。

「ほんとうに重宝なお方だわ。何でもお出来になって」

七緒が感嘆の息を吐く。

「ええ、まさに万能。驚くべき才です」

これでは、『福家』の女将とやらも手放したことを悔いているだろうな。と、つい顔も知らぬ小料理屋の女将に心を馳せていた。

たいしたものだ。けれど……。

ずくり。手のひらが疼く。

まだ覚えているのだ。いや、一生、忘れはしない。透馬の剣、その速さをその重さをこの手は奥の奥まで刻み込んでしまった。消すことは叶わない。

透馬の真の才は、剣にある。

陽気で調子よく、人並み外れて器用な男は天賦の剣士でもあった。いや、それこそが樫井透馬の本地だと思う。

樫井、おれと手合わせしてくれ。

喉まででかかった乞いの一言を、しかし、林弥は無理やり飲み下した。飲み下しても、また、すぐに迫り上がってくる。また、飲み下す。その繰り返しだった。

二年前は躊躇《ためら》いなく口にできたものがどうして喉に引っ掛かるのか。正直、わからない。ただ、口を閉ざさせる何かを林弥は感じる。感じて、気持ちの一端が強張る。

透馬の刀は、林弥の部屋の刀架に掛かったままだ。隅に放り投げてあったのを林弥がそこに納めた。

「樫井、刀をあのままにしておいていいのか」

「いいさ。放っておいてくれ。邪魔なだけだ」

武士にあるまじき返答だった。

「刀が邪魔なのか」

「当たり前だろう。あんな長っちい物、腰に差して床下に潜れるか」

透馬はそのとき、中庭を囲む廊下を直していた。根太《ねだ》が傷んでいるのだそうだ。蜘蛛《くも》の巣を髷につけて這い出してきた透馬を見て、さすがに「もう、止せ」と止めていた。

「職人を頼むぐらいの余裕はある。根太まで直さなくてもいい」

「好きでやってんだよ。構わんでくれ」

鎚《つち》の調子を確かめながら、透馬はにべもなく言い切った。

「好きでやってるのか？　みねにこき使われているわけじゃなく」

「みねには、こき使われている。あいつ、阿漕《あこぎ》な親方みてえになってんだ。ちょいと物騒ではあるな。けど、仕事は嫌じゃない。客間の襖、見てくれたか。昨日、張り替えたやつだ」

「ああ、見事なものだった。嘘でなく部屋が明るくなった。義姉上が大層、喜んでおられたぞ」

「うん。みねはどうでもいいが、七緒どのの歓心を得られるのは何よりだ。へへ、見てろよ。この廊下も見違えるようにしてやるぜ」

透馬の笑顔が照り映える。心底から今を楽しんでいる表情だ。物を作るのも直すのもおもしろい。おもしろくて堪らない。と、語る顔つきでもある。

その顔に向かって、刀はどうするのだと問うたのだ。「いいさ。放っておいてくれ。邪魔なだけだ」と返されて、一瞬だが言葉を失った。確かに、床下に潜るのにも、屋根に上るのにも、刀は無用の長物だ。外すのもやむを得ない……のだろうか。しかし、透馬の口調には邪険さが臭った。忌み事を語る邪険さだ。

「樫井」

口中の唾を呑み込み、もう一度、問うてみる。強張る気持ちを無理やり奮い立たせる。

「おまえ、刀をどうする気なのだ」

鎚を握ったまま、透馬が首を傾げた。林弥を見詰めてくる。

「どうするって？」

「捨てる気なのか」

口にしてから、驚いた。気持ちだけでなく頬も強張る。

「あ……いや、すまん。つまらぬことを口走った、忘れてくれ」

そのとき、みねが茶と茶請けの菓子を運んできた。菓子は、蒸して粗漉《あらご》しした薩摩芋に甘酒を混ぜた団子を炙っただけの、質素なものだ。みねの手作りだった。

透馬と並んで廊下に腰掛ける。

「うーん、美味い。香ばしくて、実に美味い」

透馬が大仰《おおぎょう》に褒めれば、みねは豊頬《ほうきょう》を緩ませて笑んだ。

「さようですか。田舎の団子ですけんど、お口に合って何よりです。また、お作りしましょうか」

「ぜひ、頼む。いやあ、この前とは雲泥の差の待遇じゃねえか。みね、恩に着るぜ」

「あら、ほほほ。それは樫井さまがよく働いてくださるからですよ。ごろごろしているだけの居候なら容赦しませんけど、それなりに働いてくださるなら見合っただけのお世話はさせていただきます。あ、洗濯もしてさしあげますで、出しておいてください。ほほほ」

みねが去った後、透馬が囁く。

「あれは、働かねばすぐに追い出すと脅かしてんのか」

「いやあ、そこまでの下心はないだろう。勘ぐり過ぎるな」

「勘ぐりねえ」

中庭には柔らかな光が注いでいた。ただ、空には雲が出始めている。冬の初め、天からの賜物のように訪れた穏やかな天候も今日一杯のようだ。明日には北からの風が、冬の凍てつきを連れてくるだろう。沓脱石《くつぬぎいし》の上に小さな蜥蜴《とかげ》が一匹、へばりついていた。

見慣れた庭の風景に目を細める。

この庭で、結之丞によく稽古をつけてもらった。もう何十年も昔のように思える。

「あわよくば、江戸で経師屋《きょうじ》になるつもりだった。おじじの跡を継いで、熊屋《くまや》の主になりたかったのだ」

不意に透馬がしゃべりだした。

「小舞に戻ってくるつもりはなかったと?」

「上手く経師屋になれるのなら、な」

「上手くいかなかったのか」

「おじじに追い出されたんだ。『この半ちく野郎が。どっちつかずでうろうろしやがって』と、尻を蹴飛ばされた」

「ほお。それはまた、豪儀な爺さまだな」

「根っからの江戸の職人よ。誤魔化しとか、その場しのぎ、姑息ってやつが大嫌えでよ。おれが江戸に戻ったのは、傷の治療のためだ」

「口実としてはそうだったな」

「口実とか言うな。いい医者に掛かろうとすれば小舞より江戸の方が手っ取り早いじゃねえか。な、そうだろ」

　そうだろうかと首を捻る。

　確かに医者の数も質も、江戸は小舞の比ではあるまい。しかし、透馬は樫井家老の子だ。名高い、有能な医者に治療を頼むことは容易だろう。

「で、おれは熊屋で経師屋の仕事を手伝いながら医者に通い、まあ、何とか傷は塞がった。やれやれってもんだ。ところが、そこに……」

「どうした？」

「樫井の家から、治療代という名目で嫌味なほどの大金が届けられたんだ。ほんとに、嫌味としか思えん金子《きんす》だ」

　嫌味なほどの大金とやらが、どの程度の額なのか思い及ばない。

「しかし、それは当たり前ではないのか。おまえは樫井の子息なのだし、傷を負うたのも藩政絡みの争いに巻き込まれたからだ。樫井家から手厚く遇されるのは……、あ、樫井、おまえ嘘を……」

透馬が首を縮める。茶を飲み干し、切なげなため息を吐いた。

「そうなのだ。おじじには、樫井の家とはきれいさっぱり縁が切れたと伝えていて……。あ、でもな、おれとしては縁を切ったつもりだったんだ。病弱だの繊弱だの言っても、兄貴はちゃんと生きているわけだし、家督は全部、そっちに渡しゃあいいじゃねえか」

樫井家の長子は早世し、後嗣となった次子保孝《やすたか》も生来の病弱で長くは生きられないと告げられていた。しかし、病と闘いながらも生き永らえ、今年、二十歳になったという。

「めでてえだろう。人間二十年も生きてりゃ後の人生も何とかなるもんだ。四の五の言わずに、兄貴に家督を渡しゃあいい。で、元気のあるうちにせっせと子作りに励む。それで、赤ん坊がおぎゃあと生まれてくれれば御の字だ。おれは無罪放免。お役御免となる」

「そう上手くいくかな」

「上手くいくように事を運べってもんだ。それをぐずぐず、おれに拘《こだわ》るから面倒になる」

林弥はちらりと透馬を見やった。

樫井家老は、政争を制し、藩政の舵取り役として揺るぎない地歩を築いた人物だ。辣《らつ》腕《わん》の為政者でもある。そういう男が、ただ男子であるだけを由《よし》として、三番目の息子に拘り続けるだろうか。

それはない。と、林弥は言い切れる。

樫井家老は、妾腹《しょうふく》の息子の才にいち早く気が付いたのではないか。

剣才でも、職人の器量でもない。政《まつりごと》を担い、世を動かす才華だ。そこに拘っている。兄の補佐として使うつもりなのか、筆頭家老の席を手渡したいと望んでいるのか、見当はつかないが。

「で、おまえは熊屋のおじじに樫井家からは無罪放免、お役御免になったと嘘をついた。それがばれて、怒りをかった」

「その通り。おじじ、粋な姐さんの蹴出《けだ》しみてえに真っ赤になりやがってよ。頭の血の道が切れるんじゃねえかとはらはらしちまった」

「粋な姐さんの蹴出しは赤いのか」

「知らねえよ。ただの譬《たと》えだ。ともかく、樫井との縁を正真正銘、きちんとけりをつけてから戻ってこい。それができないのなら、二度と熊屋の敷居をまたぐなと追い出されちまった。樫井から届いた金も一文残らず送り返したみてえだしなあ。まったく、どうしようもねえ頑固爺だ」

「筋が通っているではないか。ただの頑固でも偏屈でもない」

「まあな」

透馬が芋団子を口に放り込んだ。

「話はだいたいわかった。樫井は熊屋を追い出され、仕方なく小舞に戻ってきたんだな」

「馬鹿言え。仕方なくなんてあるものか。おれなりに決着をつけるためだ。だから、意気揚々……は言い過ぎだが、堂々とはしている」

「じゃあ、堂々と樫井家に帰れ。何で『福家』やおれの家でぐずぐずしているんだ」

透馬の唇が一文字に結ばれ、それからへの字に歪んだ。百面相をしているわけではあるまいが、見ているとおもしろい。

「痛い所を突いてくるな。どうもいざとなったら、気が重くてな……いや、でもいずれ親父に、縁切りをしてもらう。何だったら、兄貴が家督を継ぐそのときまでぐらい小舞にいてもいい。けど、見届けたら縁切りの念書を貰ってさっさといなくなってやるんだ。そうでないと……約束が果たせねえんだよ」

「約束？　誰との」

「狐ばばあ」

「狐ばばあ？　和歌子さまのことか」

樫井家の正室和歌子は、保孝の生母でもある。政敵に樫井の屋敷が襲われたさい、賊と戦い命を落とした。我が子を守るため、小太刀を握り手練《てだ》れの刺客と渡り合ったのだ。目尻の吊ったきつい顔立ちの義母を、透馬は狐ばばあと揶揄《やゆ》していた。

「狐ばばあは権高《けんだか》くて、嫉妬深くて嫌な女だった。でも、母親として必死に我が子を守ろうとしていたんだ。自分の命を捨ててまで守ろうとした。死の間際に、おれに縋ったんだ。保孝を守ってくれと。おれは、必ず守ると約束した。必ず守るから安心しろと」

「うむ……」

血の臭いがよみがえる。

刺客の放つ殺気、断末魔の悲鳴、乱れた足音。

よみがえってくる。

人の肉を裂き、骨を断った手応えも。

背中がぞくりと震えた。なのに、指先は熱くなる。鼓動がほんの僅かだが速くなった。

今、林弥も太刀を佩《は》いていない。部屋の別の刀架に掛けてある。だから腰は軽い。その軽さにまた震えた。

「狐ばばあ、笑ったんだ。おれの腕の中で安堵したみたいに笑って、こと切れた。好きじゃない。今でも嫌な女だと思ってる。けど、最期の最期に、おれを信じて笑って死んだんなら、やっぱり応えてやらなきゃならねえだろうが。狐ばばあの大切な息子が、樫井家の当主になるまで見届けなきゃあならねえかなってな。見届けた後は、邪魔者のおれはさっさといなくなる。そうしたら、狐ばばあもあの世でほっとするだろうと、そんなこと考えちまった」

「ああ、樫井らしいな」

「そうか」

「うむ。冷めているようで、存外、義理堅い。損得勘定や決まり事ではなく己の心思《しんし》をまず重んじる。そのくせ、自分勝手でいいかげんで算盤《そろばん》高くもある」

「そんなに褒められると照れる」

「褒めてないだろう。自分の都合のいいように考えるな」

透馬の黒目がちらりと揺れた。林弥を見やり、呟く。

「もう一つある」

「うん？」

「おれが小舞に戻ってきたわけがもう一つある。というか、もしかしたら、それがおれにとって一番の気掛かりかもしれん。おじじに追い出されなくても、この気掛かりに耐えかねて江戸を発っていた気もする」

「気掛かり？」

「おまえのことだ」

透馬が今度はまっすぐに、見据えてきた。

視線が絡む。

「おれ……」

何事だと笑おうとしたけれど、口元は固く閉じたままだった。透馬の眼差しは鋭く、きりきりと刺し込んでくる。生々しい痛みを感じるほどだ。笑うどころではなかった。

「おれが、なぜ……気掛かりなのだ」

「わからん」

透馬はあっさりとかぶりを振った。

「おまえの何がどう気に掛かるのか、はっきりとはわからん。だから、ちゃんと説き明かせない」

透馬の口調は重く、沈み込むようだった。さっきまでの威勢の良さも軽みも拭い去られている。

「新里、おれはもう刀は握れない」

「え？」

「腕の傷の具合だ。どうやら筋を傷つけられて、それはどうやっても完治しないらしい」

「樫井、それは……」

喉の奥が震えた。額に汗が滲み出したのがわかる。

「うん。日々の暮らしに差し障りはない。疼くわけでも、強張るわけでもないからな。竹刀も何とか握れる。ただ、刀は無理だな。少しの間なら何とかなるが、長くは持てない。振り回せば、指先が痺れて勝手に落ちてしまうのだ」

「そんな……」

束の間閉じた眼裏《まなうら》で、白い光が一閃《いっせん》する。

透馬の剣だ。

飛燕《ひえん》に似て風を切り、反転する。光を弾き、縦横に動く。

動き、跳ね、飛び、止まる。

あの神速の剣を二度と目にできない。

そんなことが、そんなことが、そんなことが……。

「嘘だ。嘘だろう、樫井」

思わず透馬の肩を摑んでいた。盆の上の湯呑が転がり落ち、沓脱石の上で砕ける。

「あ、馬鹿。何てことを。湯呑が割れちまった。みねに怒られるぞ。どうするんだ」

「湯呑などどうでもいい。樫井、本当のことを言え。本当のことを」

「うるせえ」

手をしたたかに打たれた。

「噓なんか一つもついてねえさ。全部、本当のことだ」

「では……もう二度と、剣は……」

ふふんと透馬が鼻の先で嗤った。

「変に思い違いするなよ、新里。おれはな、別に嘆いてなんかいないからな。むしろ、さっぱりしてんだ。腕がまるで動かないとくりゃあ、さすがのおれも参っただろうさ。けど、軽い物ならちゃんと持てるし、使える。刷毛《はけ》なんて前より上達したぐれえだ。鉋だって短い間なら使いこなせるし、鋸《のこぎり》も引ける。何の不便もねえ」

透馬は強がっているわけではない。本音を告げている。

「しかし、刀は……剣は、どうするのだ」

「いらねえよ、そんなもの」

「いらないって、おまえ……」

「喜んで捨ててやるって言ってんだ。おれにとっては、捨てて未練のあるもんじゃない」

頭の中で幾つもの閃光が炸裂した。血が熱を持って、身体中を巡る。全身が燃えるようだった。

「ふざけるな」

透馬の胸倉を摑んでいた。

「喜んで捨てるだと。未練がないだと。よくも、そんなことを」

透馬の剣を林弥は仰ぎ見ていた。いつか、そこに到達したい。出逢い、初めて目にしたときから、ずっと焦がれ続けて来た。結之丞にも感じなかった憧憬であり焦燥だった。

それを透馬はあっさりと捨て去ろうとしている。石ころのように、弊履《へいり》のように捨てて悔いはないと言い切る。

自分の全てを拒まれた気がした。否まれた気もした。

「ふざけてるのはどっちだ」

横腹にこぶしがめり込んだ。重い衝撃が身体の芯まで響く。よろめいた足を何とか踏み止まらせる。鈍い痛みがじわりと広がった。

「おれがおれの剣をどうしようが、勝手じゃねえか。それを好きに騒いでもらっちゃあ迷惑だ。え？　どうなんだ。おれの勝手だろうが。ふふん、おれはなあ、おまえとは違うんだよ。何にも囚われたりしねえ。囚われてじたばた足搔《あが》いたりしねえんだ」

「おれが……囚われていると」

「がんじがらめだよ。へ？　もたもた足搔いている自分の姿が見えてねえのか。めでてえこったな。頭の中に年中、門松が飾ってあるんじゃねえのか。いいか、新里。もういい加減に、先生から……新里結之丞から抜け出せ、いつまで、縛られてんだ」

息を呑む。透馬を見詰める。

汗が頬を伝った。

「おまえが強くなりたいのは、おれを負かしたいからでも、剣の道を究めたいからでもない。先生を越えたい、ただそのためにだけだ。越えたら自由になれるとでも思っているのか。だとしたら、とんでもない阿呆だぞ。先生は亡くなられた。もう、この世のどこにもいない。いない男をどうやって越えられるんだ。おまえはなあ、自分で幻を作り上げて自分を縛り付けてるだけ」

「うるさい」

透馬に飛びかかっていく。そのまま押し倒そうとしたが、足を引っかけられた。横倒しになる。しかし、手は離さなかった。

「う、うわっ」

倒れる林弥に引きずられて、透馬も地面に転がった。すかさず馬乗りになる。

「おれは兄上に囚われたりしていない。でたらめを抜かすな。わっ」

透馬が土を摑み、投げつけてきた。思わず顔を背けたところを強く胸を押され、倒れ込む。今度は透馬が、胸倉をつかんできた。

「あれ、二人とも止めてください。奥さま、奥さま」

みねの叫び声が聞こえたけれど、構う余裕はない。

「でたらめなのは、どっちだ。おまえだって、わかってんだろう。自分が何に縛られているか、わかってんだろう。わかってて、気付かない振りをしてんのかよ。この臆病者」

揺すられる。頭がぐらぐら揺れて、気分が悪くなった。唸るように繰り返す。

「臆病者だと」

「臆病さ。現《うつつ》と向かい合う覚悟ができねえ、臆病者だ」

揺れる頭の中に炎が立った。燃え上がる。

林弥は喚き声を上げた。喚きながら、透馬に向かっていく。

ちくしょう。ちくしょう。ちくしょう。

憤りが、炎に似た憤怒の情が音を立てて燃え上がる。

誰に向けての怒りなのか、わからない。透馬なのか、結之丞なのか、自分なのか。

誰に向けてこうまで怒り狂っている。

水が降ってきた。勢いよく降りかかってくる。束の間、息ができなくなった。

ざぶり。水の勢いに押されて、尻餅をついた。

「止めなさい。この戯《たわ》け者どもが」

水の後に、一喝が続いた。

廊下に七緒が水桶を持って立っている。

「いったい幾つになったとお思いか。取っ組み合いの喧嘩などと、恥を知りなさい。昼日中から酔うておるのですか」

げほげほと透馬が咳き込む。水をもろに飲んだらしい。

「もう一杯、あります。みね」

「はい」

みねが水桶を渡す。林弥は慌てて手を振った。

「あ、義姉上、お待ちを。お待ちください。さ、寒いです」

「そ、そうです。この寒空にびしょ濡れになって……。水を浴びせ掛けるとは、あまりに無体です」

七緒が顎を上げる。

「犬の喧嘩には水を掛けるのが一番だと、みねに教わりました」

「へえ、これが一番です。どんな犬でも尻尾巻いて逃げ出していきますから」

みねが澄まして答えた。

「おれたちは犬並みかよ、新里」

「だな。尻尾を巻いて逃げ出したい気分だ」

「おれは風呂に入りたい。うぅ、寒い」

「竈《かまど》に湯が沸いております。身体をお拭きなさいませ。着替えもそちらに運んでおきます。お二人とも、よろしいですね。新里の屋敷内で今後、このような諍《いさか》いはお止め下さい」

七緒に言い渡され、林弥と透馬は同時に身を竦め、頭を下げた。

「むろんです。少し悪ふざけが過ぎただけですので、今後一切、こんな真似はいたしません。ご寛恕《かんじょ》ください、義姉上」

「これから、どんどん寒くなる。水だけはご勘弁を。深く、省慮いたしますゆえ」

「おわかりになればよろしいのです。早く、台所にお回りください。みね、手拭いを用意して」

「はい、奥さま」

　七緒がその場に膝をつき、座礼をする。

「ご無礼をいたしました」

　立ち上がると、足早に遠ざかっていった。

　透馬が派手にくしゃみを響かせた。

「七緒どの、怒ると意外に怖いのだな」

「うむ。滅多に怒ったりしないのだが……」

「だから、余計に怖いのだ」

　それこそ犬のように頭を振る。水滴が散った。口の端が切れて血が滲んでいた。林弥の口の中も血の味がする。

「悪かったな」

　先に透馬が詫びてきた。

「あんなこと言うつもりではなかったんだ」

「いや……、おれもかっとなってしまって……」

目を背ける。

刀は無理だ。喜んで捨てる。未練はない。足掻いている。縛られている、囚われている、がんじがらめ、幻、現と向かい合う。投げつけられた言葉の一つ一つが突き刺さっている。痛みに耐えかねて、透馬に飛びかかった。どんなに殴っても、打っても、砕けない言葉だとわかっているのに。

こぶしを握る。自分の弱さを握り潰したかった。

「ふっ、ふわっくしょん、くっしょん」

透馬がさらに派手な音をたてて、くしゃみを連発した。

「新里、おまえな」

洟《はな》をすり上げ、言葉を継ぐ。

「今のまま、まっとうに生きろよ」

「え？」

「おれは先生に救われた。江戸の屋敷で先生に出逢えたからこそ、生きる望みを繋げることができた。先生には恩がある。だから」

目を伏せ、しばらく黙り、意を決したように透馬は続けた。

「おまえがまっとうに生きられるように、おれが守る。それが、おれにできる恩返しだ。おれが……守り抜く」

「樫井、何の話をしている。よく、わからんが」

「お二人とも、なにしとられます。早く、お出でなさい」

みねが呼んでいる。

「あ、裏口から回ってくださいよ。廊下を通ったらびしょぬれになりますから」

みねの声はよく通る。それに押されるように、透馬が歩き出した。

風が吹いて、身体の熱を奪っていく。

寒い。

血の味のする唾を呑み込み、それでも林弥は独り、立ち尽くしていた。

五　移り行くもの

自分の足取りが軽いことに、七緒は気が付いた。軽いというより弾んでいる。むろん、裾を乱すような歩き方はしない。足と言うより気持ちが弾んでいるのだろう。

久しぶりに買い物に出掛けた。

菜物や卵、魚。そして酒を買い求めたのだ。大概の物は出入りする棒手振《ぼてふ》りから購《あがな》うし、そうでない物はみねが買いに出る。今日も、

「奥さまがわざわざ、菜を買いにお出になることはありません。それは、わたしの仕事ですけえ」

と、止められた。

「いいのですよ、お天気もいいし、ちょっと出てきます」

「では、わたしもお供します。新里家の奥さまが供《とも》も連れずに歩いては、ならんでしょう」

「おまえは他の仕事があるでしょう。わたしの供をしたら、その分、仕事が増えるではありませんか。寝る間を削らねばならなくなりますよ。いいえ、大丈夫。ちょっと出掛けてくるだけですから」

「けど、奥さま……」

食い下がってくるみねを何とか説き伏せて、一人、町を歩く。店を覗き、品を選んだ。値切りさえした。菜も魚も高直《こうじき》な物には手を出さない。そのかわり、酒は諸白《もろはく》にした。

二人の若者は、ざっぴんの甘露煮を肴《さかな》にこの酒を楽しむだろう。その様子に心を馳せるだけで、足取りが弾むのだ。

若い旺盛な食欲を目の当たりにして、みねは米櫃《こめびつ》の中身を案じるだろうし、都勢は目を細めて微笑むだろう。

皿も椀も瞬く間に空になっていく。

爽快ささえ覚える光景だ。

昨日の夕餉もそうだった。

透馬に乞われて膳に載せたざっぴんの煮物が、風呂吹き大根が、法蓮草《ほうれんそう》のお浸しが、豆腐の澄まし汁がきれいに食べ尽くされる。

「ああ、美味い。存分に食った。幸せだ」

透馬が言葉通り、いかにも幸せそうな笑みを浮かべる。

「存分に食い過ぎだ。おまえは遠慮ってものを知らんのか」

「遠慮などしては、せっかくの味がわからんだろうが。美味いものは美味い。食いたい物は食いたい、だ。あ、七緒どの。できれば、明日は〝くずけ〟とやらを所望したい。それに、滝菜《たきな》の酢漬けも」

「まっ、ほんとに遠慮のないお方ですがね」

みねが口元を歪める。

「そうだ。みね、言ってやれ。樫井にとことん説教してやれ」

林弥が煽《あお》ったけれど、みねは軽く首を振っただけだった。

「まあでも……しかたありませんね。樫井さまは、よう働いてくれますけ。納戸の戸も直して、襖もきれいに張り替えて」

「根太も直したぞ」

透馬はそこで大きく胸を張った。

「へえ、根太も直してくれましたけ。なかなかの大仕事です。まあ、ご飯ぐらいは好きなだけ召しあがっていただいてもよろしかろう」

「どうだ、新里」

透馬が林弥の肩を軽く叩いた。

「おみね大明神からお許しが出たぞ。これで憂《うれ》いはなくなった」

「おまえがいつ憂えてた？　そんな姿、ついぞ見かけなかったが」

「へへっ、まあ、そう拗《す》ねるな。ともかく、おれは晴れて新里家の食客《しょっきゃく》となったわけだ」

「晴れも曇りもあるまい。勝手に転がり込んで大飯を食ってるだけじゃないか」

「新里、さっきのおみね大明神の一言、聞かなかったのか。おれがどのくらい働いているか、よーく考えろ」

「裏木戸の蝶番《ちょうつがい》が外れかけておりますが」

　みねが口を挟んできた。

「それに、垣根も直してもらいたいし、庭掃除もお願いしますで」

「ええっ、掃除までかよ。それは与助の仕事ではないのか」

「与助さんには、畑仕事に精を出してもらいますで。そうすれば、ずい分とお台所の助けになります。で、樫井さまには、諸々、働いてもらわねばなりません」

にっ。みねが笑った。豊頬が盛り上がる。

「しっかり食べて、しっかり働きなされませよ」

「新里……」

　透馬が唾を呑み込む。

「おれ、今、寒気がしたぞ。もしかしたら、死ぬほどこき使われるんじゃないのか」

「気の毒にな。みねに摑まったらそう容易《たやす》くは抜け出られまい。覚悟しとくんだな」

　林弥の真顔と透馬の強張った表情、それにみねの得意げな顔つき。おかしくて、おかしくて我慢できなかった。

七緒より先に都勢が笑い声をだした。七緒は袂《たもと》で口を覆う。

おかしい、おかしい、そして楽しい。

声を押し殺し、それでも七緒は心行くまで笑った。


滝菜を買い忘れたと気が付いたのは、松川のほとりに差し掛かったときだ。

うっかりしていた。

滝菜はこの松川の上流で採れる山菜だ。春と秋の二度収穫できるので、二季菜の異名を持つ。葉にも茎にも微かな苦味があるが、酢漬けにするとその苦味が風味に変わる。

くずけも拵《こしら》えたいけれど、米粉はあったかしら。

足を止め、束の間思案する。

米粉を団子にして蒸し、その上に葛餡《くずあん》をかける。小舞《おまい》の昔ながらの菓子だった。七緒は、団子の中に塩漬けした桜の葉や蓬《よもぎ》、砕いた栗の実などを混ぜ込んだりする。季節、季節の風味が素朴な菓子を引き立ててくれるのだ。

どちらも、結之丞どのはお好きだった。

思案の中に、夫の笑顔が紛れ込む。

いつのものだろう。

嫁いで間もなくのころだろうか。日が経って、身も心も新里結之丞の妻となったころだろうか、最後に目にしたあの日の朝だろうか。

結之丞はいつも微笑んでいたように思う。口を引き結び竹刀を握っていたことも、思案に耽《ふけ》っていたこともあったはずなのに、その顔が浮かんでこない。

「七緒」

と呼んだ声と穏やかな笑み。それだけが鮮明だ。

生身が欲しい。

七緒は胸の上に手を置いた。気息を整える。

どれほど鮮やかであっても記憶は記憶に過ぎない。七緒は生身の結之丞が欲しかった。熱のある身体が、触れる息が、名を呼ぶだけでなく語り、諭《さと》し、囁く舌が欲しい。二度と手が届かないと思えば、肌が粟立つ。自分の失ったものの大きさに呻《うめ》いてしまう。呻きながらここまで生きてきた。いつまで生きていればいいのだろう。七緒はまだ、結之丞のいない日々に慣れてはいなかった。いないことが、当たり前にならない。ふとした拍子に名を呼びそうになるし、呼んではならぬと唇を噛めば、噛んだ唇から呻きが漏れた。もう四年も経つというのに、夫は死者になってくれないのだ。

わたしは、なぜ生きているのだろう。

我が身を不思議に思うことがあった。

四年前は必死だった。七緒なりに新里家を守り、都勢を助け、林弥を支えていく。それが役目だと心に刻んできた。いや、役目だからではない。七緒は新里の人々が好きだった。その温かさが、柔らかさが、凜とした佇まいが好きなのだ。それは、結之丞も都勢も林弥も等しく纏《まと》う気配であり人としての質《たち》だった。

最初に嫁いだ家で子を産むことを強く、露骨に求められた。おまえはそのためだけの道具なのだと告げられた。そして、七緒が子を宿しにくい身体だと医者に診立てられた翌日、離縁を言い渡された。嫁いで二年目の秋だった。

「とんだ足らず者を貰うてしもうて、二年も無駄にしたわ」

去り際に姑から投げつけられた一言が突き刺さる。痛くて、辛くてたまらない。

わたしは足らず者なのだ。

女として足らぬ、歪《いびつ》な、値打ちのない者なのだ。

それならそっと消えよう。この世の片隅で密かに命を繋ぎ、いつしか密かに消えてしまう。そういう生き方をすればいい。

生田の家に戻ったときから、機をみて髪を下ろす心積もりをしてきた。まさか、新里結之丞から妻にと望まれるなど夢にも思っていなかった。

「おまえは果報者だ。新里ほどの男に妻にと望まれたのだからな。その果報を心に刻んで、生きろ」

嫁ぐ日の朝、兄であり生田家の当主である清十郎から言い渡された。命じる口調ではあったが、端々に情愛が滲んでいた。父も母も既に鬼籍に入っている。血の繋がるただ一人の妹に、口下手で武骨な兄は精一杯の言祝《ことほ》ぎをくれたのだ。

「七緒どの、ほんとにようございました」

兄嫁の絹江が目頭を押さえる。

「絹江さまのご恩、一生忘れません。真に……まことにありがとうございました」

深々と低頭する。儀礼ではない。心底からの謝恩の言葉だった。

絹江は陽気で情け深い性質《たち》の人だった。生家に戻り、息を詰めるように暮らす義妹を案じ、あれこれ心を砕いてくれた。花が咲けば花見に誘い、月が満ちれば空を見上げるように促してもくれたのだ。

「七緒どのは、女のわたしから見てもお美しいではありませんか。正直申し上げて、わたし、ちょっとばかり妬《や》いておりますの。同じ女なのに、どうしてこうも造作が違うのでしょうねえ。ですから、お顔をお上げあそばして。せっかくの花の顔《かんばせ》を俯《うつむ》けていては、もったいのうございましょう。無駄にするくらいなら、わたしにくださいませな」

そんな軽口で慰めてくれたこともある。

「新里さまの為人《ひととなり》は旦那さまから聞き及んでおります。新里さまが七緒どのに身一つで嫁してほしいとおっしゃるのなら、それは真のお心でございましょうねえ。でも、だからといってその通りにするわけには参りません。わたしはわたしの役目を果たしませんとね」

と、嫁入り衣装と道具を整えてくれた。

絹江がいなかったら、生田家での暮らしはもっとくすんだ、もっと沈んだものになっていたはずだ。

兄と義姉に見守られて、七緒は新里結之丞の妻となった。

凍てついた大地が陽に温められ、草が芽吹き、花が開く。そんな日々だった。一日《ひとひ》一日《ひとひ》が愛しく、優しい。七緒は己の中に、湧き水を感じた。湧き出て豊かな流れになる。それは、七緒に生きている手応えを感じさせてくれた。淀むのではなく流れ、音を立てる。

「七緒」

結之丞が呼ぶ。呼んで、引き寄せる。

閨《ねや》の中で七緒は目を閉じ、被《かぶ》さってくる男の身体を受け入れる。子を孕《はら》むためではない。求めているから、求められているからだ。

男と睦《むつ》み合うとはこんなにも乱れるものなのか。激しさに、甘やかさに目が眩《くら》む。汗ばむ肌に、肌から立ち上る香りに、血の熱さに溶けていく。

わたしは生きるべき場に辿り着いた。遠回りはしたけれど、ちゃんと辿り着いたのだ。

その想いにどれほど胸が高鳴ったか。

足らずではない。至らぬところも、手に余ることもたくさんあるけれど人としての何かが欠落しているわけではなかったのだ。

新里の家で、結之丞の許《もと》で七緒は生きる術《すべ》を手に入れた。

「邪魔だ、邪魔だ」

威勢のいい掛け声とともに、傍らを大八車が通り過ぎた。炭俵らしい荷を幾つも積んでいる。土埃《つちぼこり》とともに炭の匂いが漂った。

手のひらをそっと翳《かざ》してみる。

この手のひらから滑り落ちていったもの。それに心を馳せれば、また呻かなくてはならない。

あまりに唐突に、あっけなく滑り落ちて……。

指を握り込み、踵《きびす》を返す。

滝菜と米粉を買い足そう。林弥が、そして透馬が喜ぶ。

七緒は思案を来《こ》し方《かた》から、今、共にいる若者たちに戻した。

透馬が現れてから、林弥は朗らかになった。少し子どもに返ったようにさえ感じる。昨日は取っ組み合いの喧嘩をした。透馬にやり込められ唇を尖らせていた。屈託なく笑っていた。とても楽しげだった。七緒が嫁いできたころの少年の面影が浮かび上がって、束の間、心が昔に引き戻される。

ちゃぽり。徳利《とくり》の中で酒が揺れた。

本当は、お酒など召し上がってもらいたくない。

ふっと自分の本音に気付き、身体が震えた。

林弥に大人になってもらいたくない。いつまでも、あの幼《いとけ》ない子どもでいて欲しい。

七緒はかぶりを振る。

そんなことができるわけがない。林弥はいつの間にか酒を覚えた。そして、女を……。女はどうだろう。

この前、白粉《おしろい》の匂いをさせて帰ってきたあの日、女を知ったのではないだろうか。

元服を済ませ、前髪を落とした。

林弥はもう一人前の男だ。いずれ結之丞の名を継ぎ、名実ともに新里家の当主となる。縁談も持ち上がるだろう。林弥に相応《ふさわ》しい可憐な娘が現れもするだろう。

そのときは新里家を去る。

心は決まっていた。できるなら、都勢を看取りたいとは望む。実の娘のように、いや、それ以上に慈《いつく》しんでくれた。慈しんでくれている。その恩に能《あた》う限り報いてから去りたくはあった。都勢の最期と林弥の行く末を見届けられたら、もう思い残すことはない。仏門に入り、命の尽きるその日まで、亡き人々の供養を尽くせばいいのだ。その年月の果てに、結之丞が迎えに来てくれる。

「七緒、長の年月、苦労だったな。もう十分だ」

あの笑みを浮かべて、手を差し出してくれる。信じていた。だから、淋しいとも虚しいとも感じはしない。

七緒はため息を吐いていた。

本当にそうだろうか。わたしは、そこまで悟っているだろうか。

ちゃぽん。

また、酒が鳴る。

それならば、なぜ、林弥に酒を飲ませたくないのだ。女も酒も知らない無垢で一途な少年のままでと望むのだ。

怖れているのだろうか。

七緒は胸を押さえた。軽く息を吸う。

林弥どのの中に、一人の男が立ち上がってくる。それを怖れている。わからない。わかるのは、この先にあるのが死者と過ごす孤独な、しかし、穏やかな日々ではないということだ。

荒れる。乱れる。捩《よじ》れ、覆《くつがえ》る。

悟りどころではない。情念に翻弄《ほんろう》され、踏みしだかれる予感さえする。そのとき、どうすればいいのか。見当もつかなかった。

荷車がまた一台、走り過ぎた。荒縄で縛った俵が左右に揺れている。今にも崩れそうだ。この世は危なっかしいものだらけだ。荷車の荷も人の心も、いつどうなるかわからない。

「七緒どの」

背後から掠《かす》れた声がぶつかってきた。背に当たり、そのままぞわぞわと這い上がってくる。そんな声だ。

七緒は息を詰め、振り返った。

女が立っていた。見覚えのない女。

顎を引き、目を見張る。手から徳利が滑り落ちそうになった。慌てて指に力を込める。

「絹江……さま？」

見覚えのない女ではない。義姉の絹江だ。

「はい。お久しゅうございますね」

絹江が頭を下げる。その所作に、細めた目元に昔の絹江の姿が辛うじて、残っていた。

後は……別人だ。

よく肥えて丸かった頬は肉を削《そ》いだようにくぼみ、首にも顔にも無数の皺が寄っている。白髪が目立ち、眼差しには生気がほとんど宿っていない。

疲れ果てた老婆が、目の前にいる。

「絹江さま、あの……」

息災《そくさい》でおられましたかと尋ねることが憚《はばか》られる。そんな姿だった。

清十郎が横死した後、絹江は二人の子と共に生田家に留まり生きていた。清十郎も結之丞と同じ、無残な死だった。絹江はその無残さに必死に耐えていたのだ。七緒には都勢がいたし林弥がいた。絹江には幼い二人の子が遺された。支えにもなるが、守りもしなければならない。気丈な性質ではない絹江にとって、悲嘆の瑕《きず》は、どれほど深いものであったか。

「七緒どの……七緒どの、わたしはいったいこれからどうしたらいいか……。なぜ、なぜこんなことに……」

清十郎の葬儀の夜、絹江は義妹の膝に泣き崩れた。

絹江の抉《えぐ》られるような嘆きも辛さも、よくわかる。七緒にしても夫に続いて兄まで失ってしまったのだ。

盤石《ばんじゃく》と思い込んでいた世がくらりと反転し、闇に呑み込まれていく。あまりに恐ろしく、あまりに理不尽だ。でも、どうしようもない。泣くことしかできないときが、あるのだ。

七緒は震える絹江の背を、黙ってさすり続けた。それでも半年あまりが経ったころ、絹江から、嫡子園松を育て上げることが亡き夫への何よりの供養と悟ったとの文が届いた。

母は強い。子を守りながら立ち上がることができる。

都勢に言われ、干し鮎を土産に生田の家をおとなった。嫡男の園松と姉の千代《ちよ》が出迎えてくれた。二人とも愛らしく、聡明そのものに見えた。とくに千代は年齢よりずっと大人びた風情をまとっていた。その分、園松の無邪気さが目立つ。

「わたしにはこの二人がおりますゆえ、嘆いてばかりもおられませぬ。園松が生田家を継ぐ、その日を励みに生きて参ります」

きっぱりと告げる絹江の手を、七緒は思わず握りしめた。言葉が出てこない。清十郎と絹江は傍目《はため》にも仲の良い夫婦だった。絹江が顔を上げ言い切れるようになるまで、どれほどの苦闘があったか。痛いほどわかる。わかるからこそ、何も言えなかった。絹江の決意の前には、安易な励ましなど羽毛一枚の重みもない。

「叔母さま、叔母さま」と園松がまとわりついてくる。千代もはにかみながら、傍らに寄ってきた。

「あなたたちは偉いのねえ。こんなに小さいのに、母上さまをちゃんと支えて差し上げているのですものねえ」

二人を抱きかかえ囁くと、千代は頰を染めたけれど、幼い園松は首を傾げ見詰めてくるだけだった。大人の言葉を解せないあどけなさがいじらしくて、せつなくて、七緒は涙をこらえた。

しかし、絹江の悲惨はここで終わりにはならなかった。一年も経たぬ間に園松が亡くなったのだ。

疱瘡《ほうそう》だった。

不意の発熱と嘔吐の後、そのまま病床に臥して一旦は回復するかに見えたが、発疹が出て二日後に息を引きとった。倒れる前日までいつもと変わりなく笑い、遊び、走り回っていたというのに、あまりに唐突なあまりに非情な死だった。

園松の葬儀の日から、絹江との音信は途絶えた。絹江が千代を連れて実家に戻り、生田の家は遠縁の者が継ぐことになった。絹江からも生田の縁者からも、七緒には一切の報告はないまま事は進み、片付けられてしまった。

不満も不平もない。

七緒は新里家に根を張って生きていた。生まれ育った家が変貌していく様をやるせなくは感じたが、身を捩り嘆くほどではない。一言の報告もないと憤る気も起きなかった。むしろ、絹江のことが気になる。そして、園松を思うたびに胸が絞られた。一度だけ、絹江の実家に文を送ったが、返信はついになかった。

もうこれっきりなのだろうか。義姉との縁も切れてしまったのか。

我ながら、なんと他人《ひと》との縁の薄い者だろうと思う。だからこそ、林弥や都勢との繋がりが愛しかった。かけがえのないものと感じた。

絹江さまがいつか、お心穏やかな日々を手に入れられますように。

朝夕に、手を合わせ祈る。それより他の何もできない身が歯痒《はがゆ》かった。

その絹江が、今、目の前に立っている。

別人のように老け、やつれた姿ではあるが、確かに絹江だ。

「わたし……面変わりしましたでしょう」

絹江の唇が少しばかりめくれた。

笑ったつもりなのだろうか。義姉の変貌よりも、その笑い方に七緒は戸惑う。以前には決して目にしたことのない笑みだ。

「絹江さま、まさか、こんな所でお逢いできるなんて……」

「たまたまでは、ありませんのよ」

「え？」

絹江の唇がさらにめくれる。窺うような視線を向けてくる。

「わたし……新里さまのお屋敷の前で、ずっと待っておりましたの。七緒どのがおでかけになるのを、ね」

「まあ」

驚く。まじまじと絹江を見詰めてしまった。

「……では、ずっと、わたしの跡を……」

「ええ、つけておりましたよ。ですから、そこに」

絹江が、七緒の提げる風呂敷包みに顎をしゃくる。

「何が入っているか、ちゃんと存じておりますよ。見ておりましたからね。菜物をずいぶんと買いこまれましたこと。お酒もたっぷりと。どなたか客人でもおられるのでしょうか」

そこでまた、絹江が笑う。下卑て、陰気な笑い方だった。

この方は、本当に絹江さま？

見間違うはずがないのに、信じられない。七緒の知っている絹江とはあまりに隔たりがある。この笑みも、この物言いも、ずっと跡をつけていたという業体《ぎょうてい》も見知らぬ者のそれだ。馴染んだ義姉のものではない。

「お逢いしとうございました」

本心を告げる。相手がどうあろうと、今、自分の内にある想いを告げる。

「絹江さまにお目にかかりたいと、ずっと」

手首を強く摑まれ、七緒は口を閉じた。思わず声を上げそうになったほど強い力だったのだ。そして、冷たかった。絹江の指先は冷えて、強張っていた。血が通っていないかのようだ。

結之丞の腕を思い出す。

戸板に載せられ帰ってきた夫は、血と泥に汚れていた。一人で汚れを拭い、傷口に晒《さらし》を巻いた。その折り触れた腕の冷たさに、七緒は束の間、息を止めてしまった。

それまで霞《かすみ》がかかり朧《おぼろ》だった頭の中が、すっと晴れる。晴れればくっきりと見えてきた。

結之丞は死者となった。その現《うつつ》が見える。

晒を強く嚙んで、突き上げてくる叫びを殺す。全身が震え、寒くてたまらない。それなのに汗が吹き出し、七緒の全てをしとどに濡らす。その場に突っ伏し、七緒は震えながらもがいた。

死者とは底無しに冷えていくものなのだと、あのとき知った。

絹江の指も冷たい。冷え切っている。

この方は半ば死んでいるのではないかしら。

埒もない考えだと嗤うことができない。指先の冷たさだけではなく、どこか虚《うつ》ろな眼差しも、血の気のない頬も命を感じさせない。

「お話ししたいことがございます」

七緒の手首を摑んだまま、絹江が言った。掠れた声だ。

「七緒どのしか話す相手はおられませぬ。後生《ごしょう》ですから、聞いてやってくださいまし。話を聞いてほしくて、七緒どのにうち明けたくて、ここまでつけて参りましたの」

それは、新里の家では話せぬという意味だろうか。冷たい指に、さらに力がこもる。

「絹江さま、お手をお放しください。わたしは、逃げたりはいたしませぬよ」

微笑みかけてみる。強張った絹江の表情が、ほんの僅か緩んだ。

「この先に、水茶屋がありますの。お団子が美味しいと評判なのですよ。そちらで、少し休みましょう、義姉上さま」

絹江の手の甲に指を重ねる。自分の指はまだ温かいと、七緒は心内で息を吐く。

絹江は目を伏せ、こくりと首肯《しゅこう》した。頑是《がんぜ》ない子どものような仕草だ。

先立ち、水茶屋まで歩く。

葦簀《よしず》張りの小屋には紅色の暖簾《のれん》が下がり、『お休所』と書かれた軒行灯が掛かっていた。床几《しょうぎ》の上には絵筵《えむしろ》が敷かれ、煙草盆が置いてある。竈《かまど》の朱色とも相まって、華やか過ぎるほど華やかな店内だ。

一番奥の床几に腰を下ろす。直ぐに、色白下膨れ顔の娘が茶と団子を運んできた。

温かで清々とした香りの茶を飲む。身体の芯がふわりとほぐれていくようだ。落ち着きが戻ってくる。

絹江は茶にも団子にも口を付けなかった。膝の上に手を重ね、自分の足袋《たび》の先を見詰めている。そこがほつれて穴が開きそうになっていた。黒ずんでもいる。しかし、絹江の目は向けられているだけで、ほつれも黒ずみも捉えてはいないようだ。

「清十郎は……旦那さまは殺されました」

何の前置きもなく、絹江が話し始める。視線は足袋の先から離れようとしない。

「誰が手を掛けたのか、未だにわかっておりません」

「……はい」

「兄上は、樫井さまを襲撃した輩に斬り殺されたのでしょう。たまたま居合わせて、巻き込まれたと聞いております」

二年前、筆頭家老樫井信右衛門憲継《しんえもんのりつぐ》の屋敷を賊の一団が襲った。樫井家老との政争に敗れ、失脚した中老水杉頼母《みずすぎたのも》の手の者だとさかんに噂されたが、噂は噂のまま消えていった。ただ、水杉中老が藩金横領の咎《とが》で永蟄居《えいちっきょ》を命じられたのも、襲撃事件を含む一連の騒動の後、樫井家老が揺るぎない権勢を手に入れたのも事実だ。今、小舞藩の政《まつりごと》は、樫井家老を核として回っている。

襲撃事件のさい、正室であった和歌子を始め樫井側にも死傷者が多く出た。清十郎もその一人だ。もっとも、清十郎は樫井派に与《くみ》していたわけではない。水杉派とも関わりはなかったはずだ。人の世の変転にも、政にも疎《うと》い、勘定方の役を勤め上げることだけを是として生きてきた者なのだ。欲もなく野心もなく、覇気も多く持たず、その分穏やかに淡々と、諦念さえ漂わせて生きていた。

少なくとも、七緒はそう思っていたし、今でも思っている。

兄上さま、もっと潑剌となさればいいのに。

まだ娘のころ、そんな不満を胸に抱いたこともある。兄はいつも、どこか物足らない男だったのだ。秀《ひい》でたところがなく、諍《いさか》いを好まず、生真面目が取り柄となるような人柄を、若い七緒は少しばかり厭《いと》うていた。長じて、清十郎の物足らなさが実は温厚誠実という美徳に結びついていると解し、娘のころの浅慮を恥じもした。けれど、清十郎と二つしか違わぬ結之丞の闊達《かったつ》で磊落《らいらく》な気風や剣に懸ける意気を知れば、やはり、清十郎の影の薄さを感じてしまう。

光のような男も光に隠れる男も逝ってしまった。死者は死者。もう何も照らせないし、どこにも隠れられない。

「七緒どのは、本当にそう信じておられますか」

絹江が挑む口調で問うてきた。

「旦那さまが襲撃に巻き込まれて殺されたと、信じておられます？」

「違うのですか」

我ながら稚拙《ちせつ》な問い返しだった。問い返してみて、初めて、自分への疑念がわいてきた。

　わたしは、信じていただろうか。

　絹江が丸めていた背を伸ばす。

「旦那さまが倒れていたのは出石町《いずし》の路地でございました。大通りではなく、呉服町《ごふく》との境になる小路地だったのです。ご存じでした？」

　知らなかった。巻き込まれたというからには、樫井屋敷のごく近くだろうと思い込んでいた。

「ねえ、七緒どの、おかしいとは思われませんか」

　絹江が身を寄せてくる。線香の香りがした。その香りを、髪にも身体にも染みつかせた女にふっと憐憫《れんびん》を感じた。

「その路地を歩いていたということは、旦那さまは樫井さまのお屋敷の方には向かっていなかったということになりましょう」

　たしかに、そうだ。

　出石町には重臣の屋敷が並ぶ。手前の呉服町までは町屋が連なるが、その先は武家町である出石町、さらに先は五百石以上の上士が住む馬宿町《うまやど》となる。

　路地を曲がったのなら、兄は樫井の屋敷に近づいてはいない。

「大通りというのなら、まだ、わかります。旦那さまは通りを歩いていて運悪く、襲撃者の一団に遭遇した。そこで何があったのか図りかねますが、血気に逸《はや》った暗殺者に斬り捨てられた……と考えられはするのです。でも、でも……狭い路地ですよ。そんなところを襲撃者が通るでしょうか」

わからない。

刀を携え、人を殺そうとする者の心中を推し量ることはできない。そこを通らねばならなかった何かの事由があったのだろうか。

わからない。

ただ、出石町からなら、その路地を真っ直ぐに抜ければ新里の家までの近道にはなる。何の関わりもないだろうが、ふっと思い浮かんでしまった。

「それに、あの夜、舟入町で旦那さまを見た者がおりました」

「舟入町で」

目を見張る。

舟入町は狭斜《きょうしゃ》の町、色里だ。そんなところに、堅物の権化《ごんげ》のような兄が出入りしていたのだろうか。

「何でも、若いお武家に説教していたとか」

「若いお武家？　どなたです」

「わかりません。そこまでは調べられませんでした」

もう一度、目を見張る。清十郎が舟入町にいたと聞いたときより、さらに驚いてしまった。

「絹江さま……、もしや、そういうこと全てをご自分でお調べになったのではありませんでしょう」

「調べましたよ」

絹江が胸を反らす。

「ずい分と時はかかりましたが、わたしが一人で調べ上げました」

「まあ……」

七緒の知っている絹江の、おっとりした性質と執拗な探索が結びつかない。戸惑うばかりだ。

「旦那さまがあんな亡くなり方をして……、わたしはわたしなりに必死でした。必死でなければ、子を育てることなどできませぬもの。ええ、必死でしたよ。旦那さまの亡くなり方が心に掛かってはおりましたが、有体《ありてい》に申してしまえば、それどころではなかったのです。生きている者のために必死になれば、死者の謎に拘《こだわ》る余裕はございませんでした。七緒どのに、おわかりいただけるでしょうか」

絹江の物言いに棘《とげ》が混ざる。子のいない者にはわかるまいと、見下す棘だ。女同士が集う場で、時折、投げつけられた棘でもある。絹江から向けられたのは初めてだ。そのことにも、戸惑う。

絹江さまは、そのような目でわたしを見ていたのだろうか。

「園松が亡くなりました」

これも前置きなく、絹江が呟いた。

「……存じております」

知らぬわけがない。知って、どれほど泣いたか。幼子の笑顔を思い出すたびに、涙が溢れた。たった四つの子が命を終えた。結之丞の死とは違う色合いの悲哀を、七緒なりに味わったのだ。

「叔母さま、叔母さま」

人懐こく甘えてきた園松の姿が、声が、せつなくてならなかった。むろん、絹江の悲嘆に比べれば何程のものでもないだろう。

「知っていた？　まあ、やはり、七緒どのは知っていたのですね」

絹江の声が掠れ、尖る。

「知っていて知らぬ振りをしていたのですね。ひどい方」

「あ……いえ、知らぬ振りをしていたわけでは……」

園松の死を絹江は知らせてこなかった。来てくれるなとの意思のように感じ、七緒は悔みに顔を出さなかった。

「嗤っていたのではありませんか」

「え？」

「いいきみだと、陰で嗤っていたのではありませんか」

言葉が出てこなかった。上手く息さえできない。

この人は、どうしてしまったのだろう。

背筋が冷たくなる。

「園松は利発な子でした。四歳なのに読み書きができて、馬にも乗れました。生田の家を背負っていくのに十分な才があったと、親の贔屓目《ひいきめ》ではなく思えましたの。ええ、ほんとに利発なんですよ、あの子は」

絹江の口元が緩み、呆けたような笑みが浮かんだ。

「七緒どの、羨ましかったでしょう」

「は……」

「園松がいるわたしが羨ましかった、でしょう」

七緒は姿勢を正し、絹江に向かい合った。

「いいえ、羨ましくはございません」

少し抑えた低い声で告げる。

「絹江さまにはたくさんのご恩を受けました。それを忘れたことはありません。けれど、羨んだことは一度もないのです。絹江さま、わたしはわたしなりに精一杯、生きて参りました。そこに誰かを羨み、己を卑下《ひげ》する気持ちは一つもございませんでしたよ」

絹江の両眼が瞬く。唇が震えた。

「お許しになって」

絹江の手が七緒の膝に置かれる。指先の震えが伝わってきた。

「お許しになって、七緒どの。ひどいことを言ってしまって……。自分でも何を言っているのか、わからないのです。誰かを誇《そし》らなければ、詰《なじ》らなければ行き場のないような心持ちになって……、娘にも、千代にもひどい言葉を投げつけたりしてしまうのです」

「まあ、千代どのに」

「ええ、おまえが園松の代わりに死ねばよかったと……」

「それは、それは、あまりに惨《むご》うございますよ」

八歳の少女が背負うには、惨過ぎる。誰でもない母親から傷つけられて、千代は奈落に突き落とされた心持ちがしただろう。

「取り返しがつかないことをしてしまいました」

絹江は袂で顔を覆って、むせび泣いた。他の客たちが、泣き崩れる武家の女を珍し気に見やってくる。

ひとしきり泣いた後、絹江がそろりと顔を上げた。

「園松がいなくなって、わたし、何もすることがなくなりました」

ぼそぼそと呟く。

「千代どのがおられるではありませんか。絹江さま、気をしっかりとお持ちください」

「千代は嫁にやるのです。生田の家を継いだ遠縁の者に今年十になった男子がおりましてねえ。その子と娶《めあわ》せるつもりです。ほほ、そうすれば何もかも上手くいくでしょ。ほほんとうに、思うように事が進みました。ほっとしておりますの」

涙で汚れた頬をこすり、絹江が歯を見せた。笑ったのだ。泣いたかと思えば笑い、笑っていたのに突然、激昂する。嫌味を投げつけ、許しを乞い、また泣き崩れる。目まぐるしいほどに、表情が変転した。

見ていて苦しくなる。目を背《そむ》けてよいものなら、背けたい。

「このところ、わたしはずっと旦那さまのことを考えておりました。考えても考えても納得できなくて……。だって、おかしゅうございましょう。あの夜、なぜ、旦那さまは、あんなところに行ったのでしょうか。わたしの知る限り、出石町にも呉服町にも知り合いはおりませんでした。それとも、あなたのところに……新里のお家に向かうつもりだったのでしょうか」

七緒は目を伏せた。

清十郎は一月か二月に一度、新里家に顔を出していた。特に用事があったわけではないが、妹の身を案じて様子を見に来てくれていたと思っている。来れば、結之丞の仏前で長く手を合わせていた。小さく経を唱えていたこともある。どのときも、必ず前もって知らせをくれた。酒、膳は無用、ゆめゆめ心配するなとの一文を添えて。律儀で生真面目な兄らしいと、文を読む度に微笑んだものだ。しかし、あの夜、清十郎から文は届かなかった。

兄上は新里家を訪れる気はなかった。

出石町と呉服町の境の路地……。

仮に舟入町にいたとすると、生田家のある指物《さしもの》町に帰るにはずい分と遠回りになる。松川沿いに歩き、寺町を抜けた方がずっと早い。

「絹江さま、それであちこち尋ねてお歩きになったのですか」

「ええ、そうです。でも二年も前のことですものね。それに、事が事だけに……。なにしろ、ご政変に関わりますから、みなさま口が堅くて……。けれど、中にはわたしを憐れんでか、知る限りのことを教えてくださる方もいらっしゃいましたよ。それは、まあ……それなりに金子も使いましたが」

胸が重苦しい。

取り憑かれたように二年前の出来事を探る女は、周りにはどう見えただろう。その場しのぎの誤魔化しや嘘で、騙し取られた金子もかなりあるのではないか。

「七緒どの、これを」

絹江が帯の間から小さな包みを取り出す。膝の上で開き、中身を摘み上げた。

「根付《ねつけ》、ですか」

「ええ、ごらんになって」

渡されたのは薄紫の紐が付いている根付だった。一寸ばかりの熊が彫琢《ちょうたく》されている。材質は黄楊《つげ》のようだ。熊は一匹の鮭をしっかりくわえこんでいた。

精緻とは言い難いが、鮭の尾鰭《おびれ》の跳ね具合、熊の体の張りなどは力に満ちている。ついに手に取りたくなるほどの、生き生きとした力だ。

「これは？」

「旦那さまが倒れていた辺りに、落ちていたそうです。駆け付けた大目付さまのご配下が拾っておられましてね。その方がおっしゃるには、拾いはしたがこれが生田清十郎の死と関わり合いあるとは思えず、あの後の騒ぎに紛れ、忘れていたそうです。わたしがお尋ねしたことで思い出し、渡してくださいましたの」

「大目付さまのご配下にまで、お尋ねになったのですか」

「ええ、伝手《つて》を頼ってやっと会えました。そんなことより、七緒どの、この根付に見覚えがございませんか」

「……いいえ。ございません。これは、兄上さまの物なのですか」

「違います」

絹江はかぶりを振った。ほつれ毛がふわふわと揺れる。何日も結い直していないのか、髷が崩れかけていた。絹江は一向に気にかけていない。生田の家にいたころ、乞われてよく絹江の髷を結い、直したことを思い出す。

「こんな根付、見たことはありません。旦那さまの持ち物ではありませんわ。これはきっと……」

絹江が声を潜める。

「旦那さまを殺《あや》めた者が落としたのですよ」

「え？　それは何か証があるのでしょうか」

「旦那さまの近くに落ちていたのです。そうに決まっておりましょう」

絹江は口元を引き締め、顎を上げた。

七緒は頷けない。

あまりに曖昧な話だ。そして、胡乱《うろん》だ。

路地とは言え、人は通る。いや、通り抜けできる路地なら、馬や荷車は無理でも人はかなり頻繁に行き来するのではないか。通行人の誰かが根付を落としたとしても不思議ではない。こんな小さい物が誰の目にも止まらず道に転がったままであっても、やはり不思議はない。むしろ、拾ったという大目付配下の武士の眼精が、人並み外れて優れていたのだ。いや、もしかしたら……。

嘘かもしれない。

七緒は手の中の根付を握り込んだ。

配下の者は、突然に訪ねてきた女の執拗さに辟易《へきえき》し、追い払うために出まかせを口にしたのではないか。

「これは、それがしがあの路地で拾った物。生田どののご所持の品でなければ、賊が落としたのやもしれぬ。とりあえずは、御新造にお返しするによって持っていかれよ」

と、たまたま手元にあった根付を差し出した。

そう考えた方が、よほど現に合っている。しかし、絹江の頭の中にはそんな疑念は欠片もないらしい。

「ええ、そうです。これは、きっと旦那さまがわたしにお知らせくださったのですわ。間違いありません。でなければ、こんな風にわたしの手元に届くはずがありませんもの。ね、ね、七緒どのもそうお思いでしょ」

絹江がさらに寄ってくる。母に甘える幼子に似て、くねくねと身を捩る。七緒が否めば、地団駄を踏んで泣き喚く。そんな危うささえ感じる。感じたことに申し訳なさを覚えながら、七緒は義姉に語りかけた。

「絹江さま、この根付、暫《しばら》くわたしにお貸しくださいませんか」

「ま、七緒どのに？」

絹江が瞬きをする。先刻泣いた名残の涙が、一粒だけ目尻から零《こぼ》れた。涙を指先で拭って、絹江は思案していた。

「お願いいたします。暫く、お預かりさせてください」

懇願する。

これを義姉の手元に残していてはいけない気がした。残せば、また、絹江の心は乱される。乱されて、あらぬ挙に出る。その危惧を七緒は捨てきれない。

「七緒どの、お心当たりがあるのですか」

「え？」

絹江の双眸《そうぼう》が輝く。

「根付の持ち主に心当たりがあるのですね。それで、確かめようと考えておられるのでしょう」

「は……いえ、そういうわけでは……」

「お隠しになっては、嫌」

絹江がまた、幼子の所作で首を振る。

「本当のことをおっしゃって。ね、ね、誰です。教えてくださいな」

「絹江さま、もし……もし、兄上を葬った相手がわかったとしたら、そのときはどうなさるおつもりなのです」

絹江の中の分別に語りかける。

「どうする？　むろん、仇を討ちますとも」

「仇討ちをなさるのなら、それ相応の手続きがいります」

「手続き？」

「はい、まずは藩庁へ仇討願《あだうちねがい》を出さねばなりません。お許しが出たとして、その先、もし、相手が他国に逃げておれば、お一人で追うていくおつもりなのですか」

「そのようなこと、できるわけがありません」

絹江の声に怒気が混ざる。

「千代の縁談がやっとまとまったというのに、仇討ちなどできるわけがありませぬ」

「それなら、このお話はもう……」

「七緒どのが、為《な》されればよろしいでしょう」

「は？」

「七緒どのには子もいず、守るべき家もございませんでしょう。新里家には若いご当主がおられますものねえ」

「絹江さま」

絹江が立ち上がる。床几がかたりと音をたてた。

「兄上さまの仇を妹が討つ。おかしくはありますまい。ああ、そうだわ。林弥どのにご加勢を頼みましょう。お強いのでしょう。ええ、剣のお腕、相当だと聞き及んでおりますよ。ね、七緒どのからお頼みしてください。きっと、嫌とはおっしゃらないわ」

束の間、何も言えなくなった。喉の奥が震えている。

この人の思慮分別は崩れかけている。夫と息子を失った衝撃に耐えきれず、ひび割れ砕けようとしている。

「ねえ、七緒どの。林弥どのにご加勢をぜひ」

「林弥は新里家の当主です」

低く、しかし、きっぱりと告げる。

「新里の家を背負う役目がございます。巻き込むわけには参りません。いえ、わたしが巻き込ませはいたしません」

絹江の黒目が泳ぐ。寄る辺ない子どもの顔つきになる。

遠くで鐘が鳴った。

黒目の焦点がぴたりと七緒に合った。

「七緒どの、今のは？」

「は？　あ……はい、あれは夕七つの鐘かと存じます」

「夕七つ、まあ、たいへん！　もうそんな時刻なのですね。千代を一人、残してきたというのに」

絹江が深く、頭を下げる。

「今日は突然に、ご無礼をいたしました。でも、久々にお目にかかれて嬉しゅうございましたよ」

「あ、あの、絹江さま」

「急ぎますゆえ、これで失礼いたします」

身をひるがえすと、絹江は足早に水茶屋を出ていった。出ていくとき、少しよろめいて葦簀に当たり、倒しそうになった。が、そのまま振り返りもしなかった。

「ちっ、何て客だ」

水茶屋の主人が舌打ちする。七緒は主人に詫びた後、二人分の茶代を支払った。

通りには、もう絹江の姿はない。

手のひらが小さく痛んだ。いつの間にか、根付を握りしめていたのだ。息を吐き、歩き出す。

空にも地にも、薄《う》っすらと夕暮れの気配が忍び寄っていた。

「まあ、奥さま、こんなに買い込まれて。重うございましたでしょうに。やはり、付いて行けばよろしゅうございましたなあ」

みねが風呂敷包みを解《ほど》きながら、労《いた》わってくれる。

そのまっとうで、はっきりした物言いが心地よい。渇き切った喉に水が染みるように心地よい。

「でも、滝菜を忘れてしまったの。それに米粉も」

「米粉なら、まだありますで。奥さま〝くずけ〟をお作りになりますか」

「ええ、そのつもりなのだけれど。米粉が足りるかしらね」

「足りるように作ればよろしいです。樫井さまのお腹に合わせておりましたら、何升あっても足りるものではございませんよ」

「まあ、みねったら」

「奥さまの〝くずけ〟は絶品ですで。大奥さまも好物でいらっしゃいますしねえ。お喜びになりますよ。わたしも、お相伴《しょうばん》にあずかれるかと思うとわくわくいたしますが」

みねが太い肩を揺する。

「では、米粉を蒸しておきましょうかの」

「お願いね。あ、桜の葉の塩漬けはまだ残っていましたね」

「あります。あります。刻んでおきましょうか」

「いえ、それはわたしがやります。葛餡も作らねばならないし……。ああそうだ、おまえは、ざっぴんの下拵えをしてちょうだい。けっこう量がありますよ」

「ほんとに、まあ、たんとありますこと。これがみんな樫井さまのお腹に入ってしまうんですからねえ」

「みんなではないでしょう。林弥どのもお食べになるし、わたしたちだっていただくではありませんか」

いやいやとみねが頭を横に振る。

「ほとんどは樫井さまのお腹の中です。何しろあの方、わたしどもが一口食べる間に三口は、いっておしまいになりますからねえ。あれが江戸の早食いというやつでしょうか。まるで曲芸ですが」

みねがわざとらしくため息を吐く。おかしくて七緒は俯いて口元を押さえた。ささやかな、ごくありきたりのやりとり。それが、心を軽くしてくれる。生きるよすがになってくれる。

「みね、ありがとう」

「は？　何かおっしゃいましたか」

小魚を笊《ざる》に移していたみねが振り向く。

「いいえ、何も。義母上さまはおられるかしら。帰宅のご挨拶にお部屋を覗いてきます」

「あ、大奥さまなら、お隣ですで。ご隠居さまに誘われて、碁をうちにいかれました。

このところ、お元気でようございます」

「ほんとにね」

　気のせいかもしれないが、透馬が来てから都勢は活気が増したようだ。よく笑い、よくしゃべる。林弥も同様に、楽しげで生き生きとしている。樫井透馬という男は、他者に生気を与える、あるいは他者から生気を引き出せる稀有《けう》な人物なのかもしれない。

「林弥どのと樫井さまは、どうしておられます」

「林弥さまは道場にお出かけになりました。樫井さまは庭木の剪定をしておられますが」

「まあまあ、しっかりこき使っているのねえ」

「食べしろは働いてもらいませんとね」

　筆頭家老の息子もみねにかかっては、ただの居候と大差なくなる。それも、おかしい。小さな笑い声が零れてしまった。

　七緒は茶と土産に購った団子を盆に載せ、中庭に向かった。

　透馬は短袴《たんこ》にたすき掛けの姿で松の剪定をしていた。鉢巻きまで締めている。

「樫井さま、ご一服、くださいまし」

　声をかけると、「おお」と嬉し気な声をあげた。するすると梯子を下りてくる。身軽なことこの上ない。

「これは重畳《ちょうじょう》でござる。腹が空いて、泣きそうになっておりました」

「まあ、みねは八つをお出ししませんでしたか」

「茶とふかし芋が一つ、出ました」

「あら、ひどい。でも、みねらしいわ」

「まことに。七緒どのがいないときは、八つは全てふかし芋だそうです。みねから、はっきり告げられました。ですので、できれば……ええ、できればでよろしいので、八つあたりは家にいていただきたいと切に願うております。うん、この団子、美味いや」

「お口に合って、ようございました。今夜はざっぴんの甘露煮をお出ししますね」

「やったぁ。それを励みにもう一働きできる」

茶を一息に飲み干し、透馬は勢いよく立ち上がった。

「日が暮れてしまわない間に、松の剪定だけでも済ませておきます。でないと、みねにざっぴんの甘露煮を半分減らされるかもしれないので」

「まさか、そのような」

「いや、みねならそれくらいやりかねない。よし、やるぞ」

透馬がたすきを締め直す。

「樫井さま」

「はい」

「樫井さまは、林弥どのをどのようにご覧になっておられます」

自分で問うていながら、驚く。

なぜ、そんな問い掛けをしたのかわからない。ただ、この一風変わった、身分も年齢も超越したような若者が林弥をどう思い、どう感じているのか不意に知りたくなったのだ。

透馬がゆっくりと鉢巻きを外す。今までの柔らかさは片鱗もなく、頬から顎にかけて強く張っていた。その様変わりに、七緒は唾を飲み下した。

問うてはならぬことを問うてしまったのだろうか。

「七緒どのは、どのようにお思いか」

ややあって、透馬は逆に問い返してきた。

「七緒どのは、新里をどのように思うておられるのです」

「わたしは……」

気息を整え、透馬を見据える。

「結之丞どのの弟御《おとうとご》として……、いえ、今では血の繋がった弟のように思うております」

嘘ではない。しかし、真でもなかった。

弟ではない。義弟とも言い切れない。弟であって欲しい。義弟のままでいて欲しいとは望む。

「底が知れない」

透馬が呟いた。

「え……」

「新里は底が知れない。だから……怖いと思うております」

怖い。

思いもかけぬ言葉だった。

鼓動が激しくなる。七緒は胸に手を置いて、強く押さえた。

からん。

乾いた音がして、根付が廊下に転がった。胸元に入れておいたことを忘れていた。七緒より一瞬早く、透馬が摘み上げる。

まじまじと見つめ、息を吐いた。

「おれのだ」

「えっ」

心の臓が縮んだ。血の流れる音が耳の奥に響く。

「それが……樫井さまの……」

「そうです。自分で彫りました。おれのおじじは『熊屋』という経師屋《きょうじ》なもので、その名に因《ちな》んだ品です。もうずい分前に、どこかで失くしてしまって残念に思うておったのです。これ、やはり、この屋敷に落としておりましたか。一度、お尋ねしたかったのですが、雑事に紛れすっかり忘れておりました」

「あ、いえ……」

血の気が引いていくのがわかる。

七緒は手をつき、身体を支えた。

「本当に……お間違えありませんか」

「間違いありません。なんといっても、自分で彫ったのです、間違えようがない」

どういうこと？

根付の主が樫井さまだとは、どういうこと？

「七緒どの、いかがなされた」

透馬が覗き込んでくる。かぶりを振るのがやっとだった。

どういうこと？　どういうこと？　どういうこと？

慌ただしい足音がした。廊下を与助が駆けてくる。

「奥さま、奥さま」

与助は七緒の前に膝をつくと、急《せ》いた口調で告げた。

「ただいま、樫井さまのお屋敷からご使者がいらっしゃいました」

透馬がうっと小さな呻き声をあげた。

「透馬さまにお屋敷の方にお戻りいただきたく、迎えに参られたとの由《よし》にございます」

七緒は立ち上がり、透馬の横顔を見やった。

能面を被っているようで、何の表情も読み取れなかった。

六　岨道《そばみち》の先に

樫井の屋敷は静かだった。

もっとも、この屋敷はいつも静かだ。

賑わう、ということがない。少なくとも透馬の記憶には残っていなかった。

そんな馬鹿な、と思う。

藩政の中枢にどかりと座り、小舞《おまい》藩随一の権力者と称えられも、怖れられもする筆頭家老の屋敷が静まり返っているわけがない。人の出入り、物の出入り、奉公人の数、どれをとっても相当なものだろう。むしろ、喧騒の気配が屋敷の奥の奥まで伝わってくることも珍しくはないはずだ。それに、あの騒動……。表向きは、小競り合いとして片づけられたが、手練《てだ》れの暗殺者が幾人も夜陰に紛れて屋敷を襲った事件が〝小競り合い〟で済むわけもなく、あの日あの夜耳にした激しい物音──断末魔の叫び、刃のぶつかる音、悲鳴、足音、喚声《かんせい》、怒声──は、透馬の耳奥に易々《やすやす》とよみがえってくる。こびりついているのだ。

あぁ、保孝を……保孝を守って。

頼みます。頼みます。頼み……。

樫井家正室にして、義母であった和歌子の声、最期の言葉も、また、褪《あ》せることなく残っている。

屋敷内は騒擾《そうじょう》のただ中にあった。

そういう諸々を覚えていながら、透馬はなお底知れない静寂しか感じない。感じられないのだ。人の気配も、生き生きとした物音もない。屋敷の長屋門をくぐったとたん、ずるずると無音の世界に引きずり込まれる気がする。

だから、嫌なのだ。

奥まった一室に座りながら、思いっきり顔を顰《しか》めてみる。顔つきとは関わりないだろうが、腹の虫が鳴いた。同時に胃の腑《ふ》のあたりが鈍く痛む。

空っぽの腹が食べ物を求めて呻《うめ》いているようだ。

今夜の献立は、ざっぴんの甘露煮だったんだ。それに、何と言ったかな？　米粉を蒸した……そう、〝くずけ〟だ。葛餡をかけた米粉の蒸し団子だと先生がおっしゃっていた。ざっぴんの甘露煮は甘辛く煮込んで生姜で味を整えて……。どちらも、たまんねえな。考えただけで唾が湧いてくるぜ。

湧いた唾を呑み込む。また、腹が鳴った。

「そんなに、怒るな」

鳩尾《みぞおち》をこぶしで押さえる。

「しかたねえだろう。食いっぱぐれたのは、おれのせいじゃねえよ。おれだって口惜しいんだ。くそっ、よりによって夕飯前に呼び戻しやがって。ったくよ、気の利かねえのも大概にしやがれってんだ」

透馬はそこでため息を吐いていた。毒づいてもどこにも届かない。煙のようだ。ふわふわと漂っただけで、何処《いずこ》へともなく消えていく。ここに祖父がいたら、間違いなく頭のてっぺんを殴られていただろう。こぶしで力任せに。

「馬鹿野郎。陰でこそこそと何を愚痴ってやがる。言いてえことがあるなら、面と向かって堂々と言いやがれ」

怒気を含んだ、しかし、決して尖ってはいない声がする。幻なのに妙にくっきりと聞こえた。

おじじにはわかんねえんだよ。

顔を上げ、誰もいない部屋に視線を巡らせた。江戸にいる祖父、佐吉《さきち》に語りかける。

ここの連中ときたら、腹ん中と口から出る言葉がまるで違ってんだぜ。腹の探り合いができねえようじゃ生き残れねえんだよ。堂々も真っ向勝負もあるもんか。

また、ため息《めめ》が零《こぼ》れた。

我ながら女々しい。しかし、ため息と悪罵《あくば》しか出てこないのだから何ともしがたい。

こうなると、わかってはいたのだ。わからないほど愚かではない。いや
小舞の地に足を踏み入れたときから、父の支配下に置かれる。いや江戸にいたときか江戸にいたときから透馬の動静など筒抜けになっていたはずだ。

適時《てきじ》がくるまでは好きに泳がせておけばいい。

それが、信右衛門《しんえもん》の思惑であっただろう。とすれば、適時が今、来てしまったわけか。

何があった？

そして、これからどうなる？

また零れそうになった吐息を何とか呑み込む。それがきっかけになったわけでもないが、ふと思い出した。

熊の根付だ。

懐から取り出し、目の前で振ってみる。

自分で作った。細工仕事は昔から好きだったのだ。手先の器用さは天下一品だと誇負《こふ》している。自惚《うぬぼ》れではないだろう。業にも技にも厳しい佐吉が褒め、認めてくれた。

「おい、透馬。てめえの指は神さんからの賜り物かもしれねえな」

と。確か、木片からこの根付を彫り上げたときだ。祖父と自分用に同じ物を二つ、拵《こしら》えた。松脂油《まつやにあぶら》を塗っただけの素朴な品だが、佐吉は殊《こと》の外《ほか》喜んでくれた。今でも藍染めの煙草入の先についているはずだ。

自分の根付がないと気づいたのは、二年前、小舞を発った直ぐ後だった。慌てもした

し、惜しくもあったが諦めた。おそらくという思いがあったからだ。

十中八九、あの騒ぎの最中に失くした。

信右衛門との政争に敗れた相手が暗殺者を放った。樫井の屋敷に押し入り、信右衛門の命を狙ったのだ。透馬はそれを、自分を襲った刺客から聞いた。林弥の兄であり、透馬の剣の師であった結之丞を手にかけた刺客だ。

何の気配も感じさせないままその男は、透馬の背後に忍び寄り、斬りつけてきた。林弥が傍らにいなかったら、おそらく背中を割られて息絶えていただろう。いや、おそらくではない。間違いなく息の根を止められていた。結之丞同様に、骸《むくろ》となって地面に転がっていた。ここにこうして座っている自分はいなかったわけだ。避けきれず傷つけられた右手は、今に至るも完治していない。おそらく元通りになることは、望めないだろう。江戸の医者からそう伝えられていた。

背筋が寒い。

あの夜の、あの一瞬を思い出すたびに震えがくる。死は間近に迫っていた。林弥のおかげで、すんでのところで救われたのだ。ため息とは別の、長い息を吐き出す。震えは静かに収まっていった。

熊の根付をもう一度、振ってみる。鳴り物が付いているわけではないので、何の音もしない。ただ、微かに熊が身じろぎしたようには感じる。

刺客に襲われる半刻前まで、根付は確かにあった。印籠《いんろう》の先についていたのを見たのだ。外れそうになっていたので、早目に紐の付け替えをしなければと思った。だから、落としたのはその後、騒ぎの最中としか考えられない。あれほどの騒動だ。落としたとしても不思議ではない。不思議なのは、七緒の手に渡っていたことだ。

なぜ？　なぜ、七緒どのはこれを持っていた？

おれの思い違いで、新里の家で落としていたのだろうか。いや、それはあり得ない。としたら、あり得るのはどういう経緯だ。

七緒の顔が浮かんだ。

透馬が根付を自分の物だと告げた、その刹那、七緒は目を見開き、息を詰め、透馬を見詰めてきた。

あれは、何だ？

あのとき、七緒どのの眼の中にあったのは……。

怯えか、驚きか、それとも混乱か。

どうしてあんな顔つきを？　ただの根付ではないか。

透馬は我知らず奥歯を噛みしめていた。嫌な気分だ。胸底が落ち着かない。胸騒ぎというやつだろうか。

腕を組んだとき、微かな足音が聞こえた。

根付を懐に仕舞う。七緒のことも胸騒ぎもひとまず脇に追いやる。

さて、いよいよ正念場だ。

足音は大きくなり、障子戸の前で止まった。寸の間もなく戸が開く。透馬は低く頭を垂れた。

「透馬、久しいのう」

柔らかく太い声が被さってくる。

「はっ。父上におかれましてはご壮健のご様子、何よりかと」

「堅苦しい挨拶など無用」

ぴしゃりと遮られる。

透馬はゆっくりと身体を起こした。

二年ぶりの父は少し肥えて、二年前にはなかった皺を額に刻んでいた。肥えた身体からも額の皺からも、老いより威風を感じる。感じてしまう。感じさせられる。

なるほど、権力を手中にするとはこういうことか。

透馬は睫毛《まつげ》を伏せ、再び頭を垂れた。何故だか、まともに目を合わせたくない。

「菊《きく》に、よう似てきたな」

父の一言に顔が上がる。

透馬の視線の先で信右衛門はゆるりと笑んでいた。

菊は、母の名だ。その名に恥じない佳人《かじん》だったと聞いた。聞くたびにそうだったろうかと、首を傾げる。

母は早くに逝ってしまった。正直、面影はそう濃く残っていない。そして、僅かな記憶の中で母はいつも俯いていた。白い顔に影が差して、儚《はかな》げにも悲しげにも見えた。大輪の菊ではなく、日陰に咲く梅のようだ。佐吉に言わせると「おきゃんでころころよく笑い、そのくせ涙もろい娘」だった母の姿など、幻に等しい。

「目元など瓜二つではないか」

信右衛門は透馬を見据えたまま、脇息《きょうそく》に肘を預けた。

「さほど顔立ちが変わったとは思いませぬが」

今更、何を言ってやがる。江戸の経師《きょうじ》職人の娘がどんな顔立ちだったか、ちゃんと覚えているのかよ。てめえが戯《たわむ》れに手を付けて、子まで産ませた挙句、寿命を縮めさせた女だぜ。ちったぁ思い出すことがあるのか。

唇を固く結ぶ。そうしないと、胸の内の悪罵が迸《ほとばし》りそうだった。

信右衛門を憎んでいるわけではない。母は母の定めを生きた。唯々《いい》諾々《だくだく》と流されたのではなく、生き切ったのだ。信右衛門に殺されたと断じてしまえば、母は不憫《ふびん》なだけの女になってしまう。父を憎むことは母を貶《おとし》めること、そして、自らを憐れむことに繋がる。

そんな無様な真似、殺されてもするものか。

目の前の男を憎みはしない。ただ、好きにはなれなかった。小舞の政《まつりごと》の中枢で生き、女も男も、息子も妻も手持ちの駒とみなす。その不遜が、驕慢《きょうまん》が嫌でたまらない。人は血を流し、心を持ち、泣きも笑いもする。木の駒のように好きに動かせるものではない。

それを知らずして政を恣《ほしいまま》にする者にどうしようもない不快を覚える。

「菊はよく笑う女子《おなご》だった」

信右衛門が言った。

「え？」

「そなたは覚えておるまいが、よく笑う女子だったのだ。その笑い声がよく響いてな。聞いておるうちに、つい釣られてこちらも笑うてしまうような声だったぞ」

「はあ……」

「今更だが、悔む思いはある」

信右衛門の視線がすっと横に流れた。透馬が通されたときから明々と部屋を照らしていた行灯に、向けられる。

「あれは野においてこそ美しい花だったのかもしれん。それをわしは想いに負けて、屋敷内に囲い込んでしもうた」

「母上はそのために命を縮めたとお考えなのですか」

正面から問うてみる。

父と母の話をしたのは初めてだった。そもそも、何事かについてじっくり語り合った覚えは一度もない。語り合う気もないし、相手にあるとも思っていなかった。

「わからぬ」

短い沈黙の後、信右衛門は答えた。

「正直申せば、菊があんなに早く身罷《みまか》るとは思うてもおらなんだ。いつまでも健やかで、あと二人も三人もわしの子を産んでくれると、思い込んでおったのだ」

透馬は微かに鼻を鳴らした。

「屋敷での暮らしがよほど性に合うてなかったのでしょう。父上の仰せのとおり母上は市井《しせい》で生きる人であったのかもしれません。それとも」

わざと口をつぐむ。信右衛門の表情は変わらない。

「毒でも盛られたのでしょうか」

「毒だと？　菊は殺されたと言うておるのか」

「その見込みもあると言うております」

「馬鹿な。誰が何のために菊を亡き者にせねばならんのだ」

「さあ、それはわかりかねます」

肩を竦《すく》めてみせる。

「母上が健やかであっては困る、健やかで父上のお子を産んでは困ると考えた者がいたのやもしれません。わたし如き若輩者には、まるで見当がつきませぬが」

もう一度、さっきより大きく肩を竦めた。

二年ぶりに再会した父と子の会話にしては、些か腥《なまぐさ》い。

母が毒殺されたとは露も考えていない。誰かの邪魔や目障りになるほどの力を母は持っていなかったはずだ。

不意に信右衛門が大笑した。顎を上げ、からからと笑う。

何がおかしいのか窺えない。一緒になって笑うわけにもいかず、透馬は真顔のまま座っていた。

「そなた、顔立ちは母譲りでも性根はこの父に似たらしいのう」

「は？」

「心にないことをすらすらと口にできる。相手を試すために、な」

つい、顎を引いていた。

「わしは菊を殺してはおらぬ。わしより他の誰も手を下してはおらぬのだ。いや……わしが殺《あや》めたようなものかもしれん。わしの子を流してしまったことが因《よし》で亡くなったのだからのう」

「え……」

初めて聞いた。佐吉はそんなことを一言も語らなかった。語れなかったのかもしれない。佐吉にも何一つ伝えられていなかったのだ。

「まだ三月《みつき》あまりだった。むろん、男子か女子かもわからぬ。菊はそのまま床に臥し、ついに恢復《かいふく》は叶わなんだ」

信右衛門が立ち上がる。障子を開け、夜の庭を眺める。

冷えた風が吹き込んでくる。それなのに、羽虫が数匹飛び込んできた。この数日間の暖かさで生き永らえていたのか。信じられない。行灯の明かりに吸い寄せられる虫の、強靱な命に驚いてしまう。

「そなたの後嗣《こうし》願いが認められた」

息子に背を向けたまま、信右衛門が告げる。

「はあ？」

間の抜けた返事はしたが、慮外《りょがい》ではなかった。驚きもしない。ついに来たかと舌打ちしたい思いは募ったが。

「いずれではない。今このときから、樫井家を継ぐべく諸事万端に備えねばならぬ。その心積もりはしておけ」

「兄上はどうされるのです」

父の背に問い掛ける。

「よもや、亡くなられたわけではありますまいな」

口にしながら、それはないなと自分で否む。生来蒲柳《ほりゅう》の質《しつ》で何度も大病を患い、医者にさえ見放された兄はそれでも生き抜いていた。病弱であろうが、ほとんど表に姿を見せなかろうが、樫井家の直系であり、正室和歌子を母とする男子だ。亡くなれば、屋敷がこんなに静まっているはずがない。

「保孝には樫井家当主の重責は担えぬ。そのように、わしから申し渡したが、本人も承知しておった。むしろ、これで心身ともに楽になれると安堵した様子であったな」

「父上から申し渡されたのなら、承知するしかありますまい。安堵が兄上の本意かどうかわかりかねます」

信右衛門は障子を閉め、透馬の前に立った。

羽虫が行灯にぶつかり、乾いた音を立てる。そこに我が身を焼く炎があると気づかないのか、燃え尽きることを覚悟で明かりに飛び込むのか。ただ冷えた風から逃れたいのか。

「本意などどうでもよい」

一言が頭上から落ちてくる。

「樫井家の行く末のためには、そなたを後嗣とするが最善の道じゃ」

「……と、父上はお考えになった」

息を整え背筋を伸ばし、父を見据える。

「わたしは嫌です」

稚拙《ちせつ》な物言いだが、拒絶と詫びの台詞は下手に繕わない方がいい。生きてきたこれまでの日々で、しっかりと学んだ。

「この件につきましては、父上の御意《ぎょい》に添いかねます」

信右衛門は眉一つ、動かさなかった。

「保孝への気遣いか」

「怨《うら》まれるのが嫌なのです」

「怨み？　保孝がそなたを怨むと？」

「兄上ではありません。義母上です」

そこで、初めて信右衛門は眉を寄せた。眉間に二筋の深い皺を作る。

「義母上、和歌子さまの怨みを、わたしは怖れております」

「和歌子は死んだ」

声音に明らかな苛立ちが滲む。

おや、さすがに少しは疚《やま》しいとみえる。

睦まじいとはお世辞にも言えぬ夫婦であったが、政争に巻き込まれ、賊に斬り殺された正室への後ろめたさぐらいは感じているらしい。

透馬は腹の中でせせら笑っていた。

「存じております。ご最期のさい、わたしは傍らにおりましたゆえ」

「この世におらぬ者を怖れるのか」

「この世におらぬから怖ろしいのです。現《うつつ》にある生身ならば、どのようにも取《と》り捌《さば》くことができます。向かってくるのなら迎え討てばいいし、何かを企てているのなら暴けばよろしかろう。しかし、この世の者でない相手となれば、そうは参りませぬ。刀も知恵も金も権勢も役には立ちますまい。役に立つと言えば、護符ぐらいでしょうか。それも、半端なものではどうしようもない」

「戯言《ざれごと》はそこまでにしておけ」

信右衛門はそう吐き捨て、上座にもどった。どかりと胡坐《あぐら》をかき、口の端だけで笑う。

「相も変わらずよう動く舌だ。舌先三寸で、わしまで籠絡《ろうらく》するつもりか」

「滅相もない。父上を言いくるめられるなどと、さすがにそこまでは自惚《うぬぼ》れておりませぬ。わたしは、本気で義母上を怖れておるのです。軟弱者と誹《そし》られようが、腑抜けと嗤《わら》われようが怖いのです」

口元をきつく結ぶ。父とは真反対の、生真面目な表情を作る。

「義母上は息を引き取る間際まで、兄上を気にかけておられました。そして、わたしに……このわたしにですぞ、『保孝を頼む』と言い残されたのです。いわば遺言。義母上は兄上が樫井家の当主となることを強く望んでおられました。わたしは、義母上からその望みを託されたと思うております。万が一、ご遺志に背き、あるいは裏切れば、義母上のお怒りはどれほどのものとなるか。菅公《かんこう》ではありませぬが鬼となって雷を落とされるか、悪霊《あくりょう》となって祟られるか……考えただけで背筋が凍ります。義母上の兄上へのご執心は並ではございませんでしたゆえ」

しゃべっているうちに、本当に背中がうそ寒くなってきた。ただし、和歌子の怨念に心を馳せたからではなく、信右衛門の薄笑いが消えないからだ。

信右衛門は脇息に身体を預けると、僅かに目を細めた。

「死んだ者は何もできぬ」

細めた目で息子を見詰め、告げる。

「世を動かすのも、人を動かすのも生きている者だけができる。怨念で人を殺すことなどできぬのだ。わしが申すまでもない。おまえなら百も承知であろうにのう」

不覚にも、目を伏せてしまった。

その通りだ。

死者は死者。この世の何にも関わることはできない。生きている者の記憶の中からは、出てこられないのだ。

よくわかっている。

本当に怖ろしいのも、厄介なのも、おぞましいのも生きている側の人間だ。

「佐吉を呼び寄せてもよいぞ」

祖父の名が耳に届いた。

顔を上げる。

「今、何と仰せになりました」

「おまえが望むなら佐吉を江戸より呼び寄せてもよい。佐吉ももう年だ。隠居して、この屋敷内でのんびり暮らすのも悪くはあるまい」

「馬鹿な」

腰を浮かせていた。

佐吉は江戸の職人だ。朱引《しゅび》きの外ではあるが、大川のほとりで生まれ、育ち、生きている。江戸より他の場所を知らないし、他で生きていく気もないだろう。このまま経師職人としての一生を全うする。全うできると、毫《ごう》も疑っていない。

そういう者から仕事も故郷も奪い、小舞という見知らぬ地で幽閉同然の日々を強いる。信右衛門はそう口にしたのだ。

「祖父にお手出しは、無用に願います」

「楽をさせてやろうと言うておるのだ。菊の父親だ。大切に扱うつもりだが。佐吉がいれば、そなたも江戸恋しさが薄れよう」

「わたしは江戸が恋しくて、樫井家の後嗣となるのを拒んでいるのではありませぬ」

透馬は丹田《たんでん》に力を込め、告げた。胸の奥が熱い。

ぶった斬ってやりてえ。

一瞬、熱の底から殺意が湧き上がる。それを奥歯で噛み砕く。

「ともかく祖父は一切、関わりございません。それだけはお心置きくださらねば……」

「どうしようというのだ、透馬」

透馬と呼びかけられたその声が意外なほど柔らかく響いて、少し戸惑ってしまう。これも、人を操る手管《てくだ》の一つなのか。

「父を斬るか」

ああ、そうよな。できるものならやりてえ気分さ。

ぽつっ、ぽつっ、ぽつっ。

羽虫は行灯にぶつかり続けている。

「父上、わたしはもう剣が握れませぬ」

「知っておる」

「なるほど、この世のことごとくはご存じというわけですか。畏れ入りました」

しらりと笑ってみた。平然を装ってはいるが胸奥《きょうおう》の熱はまだ冷めない。苛立ちが、焦燥が、怒りが募り、熱を放っている。

「わしの道はまだ半ばだ」

信右衛門の声音が低くなる。聞き取り辛いほどだ。

ぽつっ、ぽつっ。

羽虫の立てる音に誘われるように、顔を横に向ける。

「財政の立て直しも執政の歪みも正したとは言い切れん。ここにきても古い思案や権益にしがみつき、変改を厭《いと》う者はかなりの数、おる。先はまだまだ長い」

「誰のために変改が要りようなのです」

問うてみる。問わねばわからなかった。

信右衛門は小舞藩随一の権勢を誇る。その力をもって、何をどう誰のために変えようとしているのか。知りたい。

「むろん、小舞のためじゃ」

僅かな躊躇《ためら》いもなく、答えが返ってきた。

「この地が豊かになり、民が豊かになる。そのような政《まつりごと》のためじゃ」

「かの騒動もそのため、義母上の死も、新里先生の死もそのためだと仰せになりますか。

あれほどの血が流されねば、いや、これからも流さねば、父上の目指す政は為されぬと」

「透馬！」

信右衛門の手が脇息を叩く。脇息は鈍い音とともに横倒しになった。

「おや、痛い所をつきましたか」

父の語りが全て偽りだとは思っていない。本気で藩政を立て直し、小舞の地を民の暮らしを豊かに変えたいとの願いは、信右衛門の内に確かにある。為政者の使命をちゃんと心得ているのだ。一己《いっこ》の益のためにだけ政を行っているわけではない。しかし、それだけでもないはずだ。決して、そこだけに留まってはいない。藩を想い、民を想うならば慈愛の裏には、政を壟断《ろうだん》し恣《ほしいまま》にしようと試みる剛力な欲が控えている。支配し、思い通りに動かす。その快楽に酔いしれている。透馬はそう感じていた。

父は許すまい。

己の敵を、敵となりうる者を、服《まつろ》わぬ者を、邪魔な者を容赦なく叩き潰すはずだ。血を流させ、息の根を止め、抹殺する。

居住まいを正し、眼前の男に視線を定める。

遠慮はしない。怯《ひる》みもしない。そっちが腕ずくでくるなら、こちらも力の限り抗《あらが》うだけだ。そう易々と従ったりするものか。

「口が過ぎましたら、お許しください。なにしろ、言いたいことを言って育って参りましたので。つい、本音が出てしまいます」

「透馬」

「はい」

「右手が使えぬのなら、代わりをあてがってやろう」

信右衛門の声音は、既に落ち着いて冷えていた。

「は？」

「そなたの右手の代わりをする者がいると、言うておるのだ」

「父上、それは……」

「新里林弥が元服したそうだな。当主として、兄の名を継ぐのは拒んだようだが。ふふん、そなたも新里も若い。己の心念ばかりに振り回されて周りが見えておらぬ」

狸爺か。

元大目付、小和田正近の皺を刻んだ顔が浮かぶ。

新里の阿呆めが。あんな狸に烏帽子親など頼んじまって。筒抜けじゃねえか。いや、それより……。

「新里が今、何の関わりがございます」

「そなたの近習《きんじゅう》として召し出す」

「はあ？」

今度はわざとでなく、実に間の抜けた物言いをしてしまった。

「右手の代わりとして、存分に使えばよかろう」

「……それはどういう意味でございます」

右手とはすなわち利き手、経師職人なら刷毛を握るが武士は刀を持つ。

「一家の当主となったからには、いつまでも無役のまま捨て置くこともできまい」

「それなら、先生と同じく勘定方として城に上げられればよろしかろう。何も樫井家の家臣とせずともよいのではありませぬか」

「そなたは新里が気に入りであろうが」

「別段、新里本人が気に入っているわけではありませぬ。新里家の居心地がよいというだけのこと。新里は……些か使い勝手が悪い男のように見受けます」

背筋を冷たい汗が伝う。誤魔化さねばならない。

できるとは思えないが諦めるわけにはいかない。

新里を召し出す？　近習にする？

どういう意味だとの問いに、返答はなかった。

新里を巻き込むわけにはいかない。

透馬は奥歯を噛み締めた。

「おまえなら」

と、信右衛門は言った。〝おまえ〟の一言に圧《の》し掛かってくる重みを感じる。さらに強く奥歯を噛み、耐える。ぎりぎりと歯の軋《きし》る音が、耳底で響いた。

「使いこなせるのではないか」

信右衛門は透馬の前に膝をつき、肩に手を置いた。

「使いこなせ。あれは、使い方によってはなかなかに役に立つ。そういう男であろうが」

ぎりぎり。ぎりぎり。

軋みの音が大きくなる。

「違います」

声を絞り出す。

「新里はそのような甘い相手ではございません。道具として都合よく使えると父上がお考えなら、それは早計かと存じます」

肩に信右衛門の指が食い込む。意外なほどの力だった。思わず零れそうになった呻きを辛うじて呑み込む。

「透馬、おまえは樫井家の当主となる。どう足掻《あが》こうが、抗おうが揺るぎはせぬ。覚悟を決めよ。よいな、樫井の家を継ぎ、ゆくゆくは藩政の中枢を担う。小舞のために働くのだ」

指が離れる。

信右衛門が息を吐いた。

「それが定めと心得よ」

胸の奥深く、刃を刺し込まれた。

そんな気がした。いや、奥深くではない。刃の切っ先は身体を貫いて透馬を壁に刺し留める。その壁を父は定めと呼んだ。

逃れられぬか。

束の間、身の内が空《から》になる。がらんどうだ。そこに風が吹き過ぎた。冷たくも温かでもない。音も匂いもない。ただ風として吹き過ぎるだけの風だ。

透馬は一寸《いっすん》、目を閉じた。

強くなりたい。

剣の師である結之丞に告げたことがある。江戸の屋敷内で、剣を習い始めて半年も経ったころだ。藤が満開の時季だったと覚えている。花影に立って透馬を見下ろしてきた師の顔が、淡紫《たんし》の花色に染まっていたのも覚えている。

「強くなってどうする」

と、結之丞は問うた。答えるために、透馬は言葉を探し、思いを巡らしたのだ。

先生に嘘はつきたくない。誤魔化しもいい加減な受け答えもしたくない。先生にだけは本心を告げたい。

幼心に刻まれた想いだった。

結之丞は母と祖父を除けば、初めて出逢った信じられる大人だった。初めて出逢えた心を託せる相手だった。だから、嘘はつかない。誤魔化さない。いい加減にしない。

不安だった。

母を亡くし、結之丞の他に信じられる者も頼る者もいない日々は、幼い透馬にとって不安でしかなかった。

このままどこに連れて行かれるのか。

先生、わたしは怖いのです。怖くて、怖くて、声を上げて泣きそうになるのです。

「好きな所に行ける」

そう答えた。流されるのではなく、自分の志と思案で思うように歩きたい。選びたい。辿り着きたい。その想いを一言に込めた。

目を開ける。

現《うつつ》の父ではなく、遠く昔日《せきじつ》の師の姿を見、声を聴く。

「諦めるでないぞ」

「たとえ、百人の敵に囲まれたとしても諦めてはならぬ。諦めぬうちはまだ、そなたは負けてはおらぬのだ。それを忘れるな」

先生……。もしかしたら、先生はこの日の来るのをあらましておられたのですか。その上で、諦めるなと仰せになったのですか。諦めぬとはどういう意味なのです。全てを受け入れることなのか、抗い続けることなのか、我が意を貫き通すことなのか。先生、教えてください。わたしにはまだ摑み切れません。

先生、先生、先生。

無駄だと、胸の内でかぶりを振った。

父の言う通りだ。死者は何もできない。何も答えてはくれない。定めに刺し留められたこの身でどう生きるか。それがどういうことなのか。解き明かせるのは今この時を生きている者だけだ。そんなこと、とっくに知っていたはずだ。

「父上」

透馬は背筋を起こし、肩を引いた。摑んでいた指が離れる。

「承知いたしました。後嗣の儀、謹《つつし》んでお受けいたします」

告げる。信右衛門の諸目《もろめ》が細められた。

「父上の御心に添えるかどうか心許なくはありますが、わたしなりに励みまする」

手をつき、頭を下げる。父の立ち上がる気配がした。

「殿が江戸よりご帰国なされた折、お目通りを賜る。そののち、正式な披露目をするによって、そのように心しておけ」

「はっ」

「今までのように好き勝手に、屋敷の外で暮らすことは許さん。わかったな」

「はっ」

「ならば、よし。部屋に帰るがよい。わしも、休む」

「父上、お待ちください」

出て行こうとする相手を呼び止める。

ちょいと、待てよ。そっちの言い分ばかりを通して、「よし」とされちゃあたまらねえんだよ。こっちも言わせてもらわねえと割に合わねえだろうが。

「新里林弥を、わたしの近習として召し上げて真に構わぬのですね」

妙に緩慢な仕草で、信右衛門が振り返った。

「構わぬ」

「では、わたしの思うように使わせていただきます。お口出しは一切、無用に願いますぞ」

新里まで思い通りにはさせない。むろん、おれだってむざむざ手持ちの駒になる気はないからな。いずれ、思い知らせてやる。

くすっ。

信右衛門が笑った。閉じた唇から、くぐもった笑声が漏れる。

「なるほど、おまえなりに新里の使い道はわかっているとみえる」

「わかりませぬ」

即座に答えた。躊躇えば、抜き差しならなくなりそうな気がしたのだ。上手く言い表せない。しかし、炙《あぶ》られる。焦燥に、憂惧《ゆうぐ》に、戸惑いにじりじりと焼かれるようだ。

「先ほど、申し上げた通り、新里はなかなかに厄介な相手かと思われます。一筋縄ではいかぬ者。ただ、だからこそ敵に回してはならぬとも考えられます」

「敵、か」

「はい。敵が誰なのか、これもわたしなどには判然とはいたしかねますが、おらぬとは言い切れぬはず」

政争に敗れ一掃されたかに見える、先の中老水杉頼母《みずすぎたのも》の一派が息を吹き返すことも、新たな政敵が現れることもあるだろう。藩主右江頭定斉《うえのかみさだなり》が樫井家老の権勢を疎《うと》ましく感じる虞《おそれ》もある。十分以上にあるはずだ。

安泰と思われた樫井信右衛門の周辺も、一皮むけばなかなかに騒がしい。穏やかに凪《な》いでいるとは言い切れないのだ。信右衛門が後嗣の決定を急ぐのも、そのあたりに因があるのかもしれない。

樫井家を継ぐとは、まさに煩擾《はんじょう》に飛び込むことだ。

やってられねえな、まったく。

縋《すが》れる何かがあるなら縋りたい。縋って、この場から救い出してもらいたい。

透馬は唇を強く噛んだ。

救いの糸を垂らしてくれる仏も、手を差し伸べてくれる神もいないと骨身に染みてわかっている。だから、覚悟を決める。仏や神ではない、人を救うのも蹴落とすのも人だけだ。林弥に救って欲しいと望んではいない。しかし、縋りつきたい心持ちにはなっている。

縋りついて、引きずり込んで、共に煩擾の沼に沈んでもらおうか。うん、それも悪くはないな。

一人、心内で頷く。ほくそ笑みそうにさえなった。

そうだ。こうなったら、とことん付き合ってもらうからな。新里、おまえだけ逃がしたりしねえぜ。いや、新里だけじゃない。

口元を引き締め、軽く息を吸う。

「父上、重ねてお願いいたします。召し出していただきたい者がもう一人おりました」

かたん。

障子戸が風に鳴る。

羽虫が音もなく畳に落ちた。

命を使い切ったか。

頭を下げたまま、透馬は動かぬ白い翅《はね》を見詰めていた。

みねが庭箒を手にしたまま、ぼんやりと立っている。声をかけようかとも思ったが、止めにした。背中がいかにも思案げに見えたからだ。

林弥は筒井道場から帰ったばかりで、心身共に少し火照《ほて》っていた。部屋に戻り一息を深く吸い、吐き出す。

火照りは鎮まらなかった。

和次郎が久々に稽古に現れた。

道場主の筒井一之介《いちのすけ》は老齢に加え、持病の疝癪《せんしゃく》を悪化させてこのところずっと床に伏していた。今は、長く師範代を務める佐々木太持《たもつ》が差配を一手に引き受けている。和次郎は、入門当初からその佐々木に剣才を認められ、育てられてきた。佐々木が直《じか》に手解《てほど》きし、教えてきたのだ。ゆくゆくは自分の片腕にと考えていたのかもしれない。だから、和次郎が稽古着で道場に入ってきたとき誰より喜んだのは佐々木だった。

「山坂、何をしていた。道場の場所を忘れたかと案じていたぞ」

珍しく戯れを口にしたりした。林弥も嬉しかった。

和次郎、約束を守ってくれたのだな。

「道場には近く顔を出す」源吾の墓の前で呟いた一言を守ってくれた。あれはその場しのぎの誓いではなかったのだ。

「よく、来たな」

「源吾の前で嘘はつかんさ」

目を見合わせ、笑みを交わす。前髪を落とし、日に焼けて、背が伸びて、どこか翳《かげ》りを刻んではいるが和次郎は和次郎だ。人の核は少しも変わっていない。

ふっと口元を緩める和次郎の笑みを目にして、林弥は安堵の息を吐き出していた。

ときが流れれば、たいていのものは変わっていく。季節は移ろい、人は年を重ね、家屋は古びていく。新しく生まれる命があり、消えていく命がある。

変わらぬまま留まるものなど、この世にはないのかもしれない。しかし、和次郎の笑顔を見ると、もしかしたらと思ってしまう。

もしかしたら、おれたちのささやかな何か、僅かなどこかは変わらずにいられるのではないか。

「林弥、やるか」

笑みを浮かべたまま、和次郎が竹刀を手にする。

「もちろん」

林弥も自分の竹刀を強く握った。


右腕の付け根が鈍く痛むのは、和次郎の一撃を受けたからだ。やはり速い。そして重い剣だった。


一の剣を弾いて凌《しの》いだと思った瞬間、反転した二の剣に肩口を襲われた。指から竹刀が滑り落ち、妙に軽やかな音を立てて転がった。

「まいった」

膝をつく。息が乱れて苦しい。武者窓から、冬風が吹き込んでくるというのに汗がしとどに身体を濡らす。

「……えらく、強くなったな……林弥」

和次郎も息を弾ませていた。額の汗を拭き取り、胸を撫でる。

「一本、とるのに……ここまで手こずるとは思わなかった」

「くそっ。何だ、その余裕の台詞は。腹が立つ」

「ははは、怒るな、怒るな。こっちとしては、褒めたつもりなんだが、気に障ったか」

「当たり前だ。何が手こずるだ。手こずらせるぐらいしかできないってのが腹立たしいし、口惜しい」

「自分に腹を立てているわけか。変わらんなあ、林弥は」

ふっと、和次郎が真顔になる。

「おまえもな」

立ち上がり、和次郎の視線を真正面から受け止める。

「おれが？　そうか」

「そうさ。変わっていない。剣の厳しさも、気の使い方も、物言いも昔のままだ」

和次郎が先に目を逸《そ》らせた。それきり黙り込む。その頃合いを計っていたかのように、佐々木が呼んだ。

「山坂」

「はい」

「せっかく、顔を見せたんだ。新里だけでなくおれとも、一本勝負をやらんか」

「師範代と？　はい。是非にお願いいたします」

和次郎が双眸《そうぼう》を輝かせた。

「ふーん、師範代なら願ってもない相手だと、そういう顔だな」

「何だ、今度は僻《ひが》みか、林弥」

にやりと和次郎は笑った。

「うるさい。僻みっぽくって悪かったな。どうしても、おまえから一本取れないのか
……ああっ、やっぱり口惜しい」

わざと口元を歪めて見せる。和次郎の表情が引き締まった。

「……真剣ならどうだろうか」

「え？」

「真剣なら、まるで違っていたかもしれんな」

「真剣？　おれとおまえが真剣でやり合うと？」

「まさか、そういう意味じゃない」

「では、どういう意味だ」

「今、ふっと思い出したのだ。樫井のことをな」

「樫井……」

「ああ、同じことを問うただろう。あれは……八尋《やひろ》の淵からの帰りだったな。樫井が言ったただろう。おまえと樫井、竹刀での勝負ならおまえに勝ち目はない。しかし、真剣で対峙したらどうだろうかと」

確かに問われた。和次郎には伝えてないが、あの騒乱の夜、透馬から告げられた。

「気をつけろ。おまえには闇の刺客の質がある」と。「だからこそ流されるな」と。

真意は摑めない。自分の質とは何だ？　闇の刺客の質とは何だ？

わからない。ただ、思い出すたびに手のひらに汗をかく。生田清十郎を斬った手応えが、じっとりとよみがえる。生身の肉を裂く手応えだ。骨まで響いた。

今、和次郎は透馬と同じことを言わんとしているのだろうか。ならば尋ねたい。おまえの眼には、おれはどう映っているのだ。おれの質とやらが、おまえにはわかっているのか。

和次郎が背を向ける。

道場の真ん中に進み出る。

ずくん。

肩口が疼《うず》く。右腕はまだ微かに痺《しび》れているようだ。怠《だる》くもある。樫井もこうなのだろうか。こんな痺れや怠さがずっと続いているのだろうか。

透馬に心を馳せはしたが、すぐにかぶりを振っていた。

けど、あいつ、ちっとも辛そうじゃなかった。むしろ楽し気だったな。あ、そういえば、八尋の淵では高い所は苦手で足が竦むとか言っていたくせに、けっこうすいすいと梯子に上り、あまつさえ屋根の修繕までしていたよな。みねに認められたい一心で踏ん張っているなどとほざいていたが、本当のところどうなのだ。

つい、苦笑してしまう。

まったくな、虚実の境がとんと窺えぬやつだ。

ずくん。ずくん。

透馬のことを考えたからではないだろうが、疼きが少し強くなった気がする。

佐々木と和次郎の手合わせは見応えがあった。共に一歩も譲らず、ときに激しく打ち合い、ときに張り詰めたままぴくりとも動かなかった。門弟たちは固唾《かたず》をのんで見詰め、佐々木の小手が辛うじて決まると、一斉に大きく息を吐き出した。

「剣の……腕ではないな。おれの方が……僅かに膂力《りょりょく》が勝っていた……それだけだ」

喘《あえ》ぎながら佐々木は言葉を絞り出した。和次郎は声も出ない。しゃがみ込んだままぜえぜえと喉を震わせていた。

「……師範代、ありがとう……ございました」

ややあって、ふらふらと立ち上がり佐々木に頭を下げる。足元がふらついた。後ろから、林弥は波打つ背中を支える。

「山坂、月に一度でいい、稽古に出てこい。一人だと新里がかわいそうではないか。淋しげで見ておれんのだ」

佐々木が汗の伝う頬を緩めた。既に、気息は整っていた。和次郎の息はまだ荒々しい。

「師範代、ちょっとまってください。わたしは別に淋しくなどありません。かわいそうでもありませんから。そういう決めつけは、はなはだ迷惑です」

「ふふっ、隠すな。おれの眼は節穴ではない。山坂、おまえが顔を出さなくなってから、新里は殊の外精彩を欠いていたからなあ。まるで、昼間の朝顔のように萎れていたんだぞ。それも致し方ないことだろう。おまえたちは、いつも一緒にいたからな。それが急に一人だ。それ新里でなくとも萎《しお》れたくもなるさ」

　"おまえたち"の中に源吾も、むろん入っている。

「ですからそういう言い方は心外です。わたしが一人では何もできないように聞こえるではありませんか」

「そんなことは言ってない。新里がどれほど励んでいるかは、おれが一番よくわかっているからな。強くもなった。そうだろう、山坂」

「はい。久々に竹刀を交えて……正直、驚きました」

「そうだろう。新里も山坂も、まだまだこれからだ。まだ、伸びる。強くなる。けれど、それと淋しさとはまたべつだ。おれは……」

佐々木が横を向く。武者窓から差し込む光に目を細める。

「おれは淋しいぞ」

「師範代……」

「上村がいなくなり、野中《のなか》も去って行った。山坂もめったに顔を見せなくなった。何だか……淋しくてな。いや、年を取ったからかもしれんが、たまらなく淋しいのだ」

林弥と和次郎は顔を見合わせる。

佐々木は剣士だ。寡黙で、稽古は厳しく、入門したての頃は全身を包む張り詰めた気配が怖くもあった。今でも、日の浅い門下生たちの中には、佐々木に睨まれただけで震えあがる者もいるほどだ。

その佐々木が淋しいと言う。女々しいとは思わない。むしろ、師範代の口から初めて聞いた淋しいの一言が、深く胸に染みた。

「山坂、新里。剣に見切りをつけるな。それは、己に見切りをつけることにもなる。生きて、励め。生きているからこそ励めるのだ。忘れるな」

「はい」

和次郎が首肯《しゅこう》する。

顎の先から、汗が滴った。

和次郎はまた、道場にくるだろうか。

部屋の床に寝転び、天井を見詰める。

稽古の後、途中まで一緒に帰った。源吾と三人で通った土手の道だ。「また、稽古に出てこい」。その一言が喉に引っ掛かる。和次郎も黙したままだったが、別れる手前で、樫井はどうしていると尋ねてきた。

「屋敷から迎えがきた」

「……そうか、とうとう摑まったわけだな」

「ああ。みねに言わせると、〝絞められるとわかっている鶏〟みたいな顔つきだったそうだ。おれは、その場にいなかったので目にはしていないが、だいたいわかる」

「うん、おれにもわかる。目に浮かぶようだ。しかし……これでもう、樫井ともおいそれとは逢えなくなる。いや、一生、口を利くことさえ叶わなくなるだろうな」

「ああ」

と答えたものの、林弥は半信半疑だった。

透馬と二度と逢えないかもしれない。

信じられない。現《うつつ》のこととして、受け止められない。透馬は源吾とは違う。同じ、小舞の空の下で生きている。それなのに……。

「身分とはそういうものだ」

林弥の心内を読んだのか、和次郎が呟く。読んだのではなく、同じことを考えていたのかもしれない。呟きは独白に近かった。

「まるで違う世に住むということだからな」

「和次郎」

「おれもおまえも、いずれそうなる。身分によって隔てられるんだ。そういう年になったんだよ、おれたちは」

それでもと、和次郎は顎を上げた。空を見上げる。林弥もそうした。雲が広がり始めている。濃い鼠色の雲と冷えた風は雪を呼び込み、小舞を冬景色に変えるかもしれない。

「それでも、樫井がどんな執政になるのか、どう政に関わっていくのか、この眼で確かめることはできるな」

「なあ、和次郎」

「うん？」

「違うように感じるのだ」

「違う？」

「うむ。上手く言葉にならないが……樫井は違うと思う。おまえは、身分とか家柄で生きる世界が異なるように言うが、樫井にはそんなもの通用しないんじゃないか」

「どういうことだ？」

「わからん。だけど、あいつがこのままおとなしく樫井家を継ぐとは、おれにはとうてい思えん。何か、仕掛けてくるような気がしてならないのだ」

「仕掛けって、何だ」

「だから、それがわからん。ただ、感じるだけだ。樫井は並じゃないからな。少なくとも、誰かが敷いた道を素直に辿るようなお利口さんじゃない」

「お利口さん、か」

和次郎が首を傾げる。そうするだけで、和次郎の面に思慮深い表情が浮き出てくる。昔からだった。

「林弥はずっと樫井といたからな。おれの知らない樫井の一面を摑んでいるのかもしれない。けど、もしそうなら、樫井がただの利口者ではなく、この世の枠組みを蹴飛ばしてくれるならおもしろいな」

和次郎の頬に赤みが差した。

「おもしろいな、林弥」

「うん」

そこで、和次郎はひらりと手を振った。

分かれ道だ。

和次郎が足早に歩き出す。振り返る素振りは見せなかった。

林弥は風の中に立ち、友の背中を見送った。


和次郎はまた、道場にくるだろうか。

天井を見詰めたまま、考え続ける。

おれも淋しいのだろうかとも、考える。竹刀を合わせているとき、和次郎は和次郎だった。何も変わっていない。それに、気持ちが昂《たかぶ》った。とすれば、変わっていく諸々に淋しさを覚え、引き戻したいと望んでいたのだろうか。

わからない。

己の思案であるのに、なぜこうもわからないことだらけなのだ。

微かな足音がした。

起き上がる。耳に馴染んだ足音が誰のものか、これはすぐにわかった。身体の力が抜けて、血が温かくなったように感じる。傷の火照りはいつの間にか収まって、代わりのように指先が熱を持つ。

義姉上。

「林弥どの、お茶をお持ちいたしました」

「あ、はい。かたじけのうございます」

障子戸が開いて、七緒が入ってくる。

「あ、くずけですか」

思わず声を高くしていた。子どもじみていたかもしれない。羞恥が突き上げてくる。

「ええ、樫井さまがご所望でしたので食べて頂くつもりでしたの。でも、急なお迎えで、作る間も、召上って頂く間もありませんでした。それで、今日になってみねと二人で、拵えましたの」

七緒はゆっくりと茶を湯呑に注いだ。

「林弥どのにくれぐれもよろしくと、樫井さま、何度も念を押されて……。林弥どのに逢わずにお戻りになるのが、きっと心残りだったのでしょうねえ」

「縁があればまた、逢えます」

七緒が顔を上げる。

「樫井さまはお屋敷に入られました。それでも、また、逢えますでしょうか」

「公方さまや天子さまの許に嫁入りしたわけではあるまいし、同じ小舞におるのです。逢う機会はあります。それに……」

「樫井さまなら、案外また、ひょっこりとお出でになる」

「義姉上もそう思われますか」

「そんな気がいたします。それにしても、公方さまや天子さまへのお嫁入りだなどと」

「譬《たと》えが大仰《おおぎょう》過ぎましたか」

「畏れ多いことですよ。でも、おかしゅうございますね」

七緒が口元を押さえる。そこに、お梶の白粉をはたいた顔が重なった。慌てる。あれから一度も逢いに行っていない。約束を違えたままだ。それが小さなしこりとなっていたのだろうか。だからといって、ここで唐突に思い出すとは。

「どうされました？」

七緒が瞬きをする。

「あ、いや……。いただきます」

くずけを頰張る仕草に誤魔化して、七緒から目を逸らす。

「うん、美味い。樫井のやつ、気の毒にな。せめて、これを一口でも味わってから戻りたかっただろうに、運がない」

「みねも同じことを言っておりましたよ。つくづく、運のない方だと気の毒がって」

「そういえば、先刻、みねが庭でぼんやりとしておりました。やはり、樫井がいなくなって物侘しいのでしょうか」

七緒の肩が心持ち、窄《すぼ》んだ。

「みねは松の剪定《せんてい》の仕方が気に入りませんの。お使者が来られて、樫井さまが急ぎ仕上げてくださったのですがやはり他のお仕事に比べて雑になってしまって。他の所をきっちりと仕上げてくださっていただけに、その雑が目立つのですよ」

「それで、どうしたものかと思案していたわけですか」

「ええ、おそらく」

「なるほど樫井本人より仕事の仕上げ具合が気になる、か。さすがに、みねだな」

みねにとっては、今、目の前にあるやるべきことが一番たいせつなのだ。誰かを懐かしむのも、昔日を振り返るのも、行く末を憂慮するのも二の次、三の次になる。

なかなかの生き方だ。

出汁《だし》の味が仄かに甘い葛餡を呑み込む。

うん、美味いぞ。樫井、もう一度だけ顔を出さぬか。この美味さを堪能させてやりたいのだ。

「林弥どの」

「はい」

七緒の声音が硬くなった。

林弥は食べ終えたくずけの皿を盆に置いた。

「お尋ねしたいことがあるのですが」

「なんなりと」

七緒が見詰めてくる。潤んだ二つの眸《ひとみ》が美しかった。束の間だが、誘われている心地がした。眼差しが絡みついてくる。胸元を押さえた手と手首の白さが妖しい。

呑み込んだ息が熱い塊になって落ちていく。

義姉上。

「二年前、樫井さまのお屋敷が襲われた夜、兄、清十郎が亡くなった夜のことです」

息の塊が熱を失い、胸の中途で止まった。血の気が引いていく。

「あの夜、林弥どのは樫井さまと一緒におられましたね」

「……はい。源吾の文を届けに舟入町まで、出かけました。一人では些か気が引けました故、和次郎と樫井に連れを頼みました。樫井は江戸で育ったので、舟入町のような色里には慣れているとかで、おかげで何とか文を手渡すことができた次第で、やれやれです。その後、帰りを渋る樫井を屋敷まで送って行ったさいに、騒動に巻き込まれてしまいました」

おれは何を言っているのだ。何をべらべらしゃべっている。

嘘にはどうしても飾りを付けてしまいますからね。

嘘だから実がないでしょ。中はすかすかなわけですよ。だからついつい周りを飾り立てる。

お梶の一言一言が鮮やかによみがえり、突き刺さってくる。

「そこで、兄に会いはしませんでしたか」

会った。会って言葉を交わし、すぐに別れた。まさか、清十郎が透馬の命を狙って跡をつけてきていたとは思いもしなかった。あの夜の出来事は、まだ、半分は悪夢の中に沈んでいるようだ。

「いえ……。会いませんでした」

嘘をついても、舌を噛み切っても、七緒に真実を告げることはできない。全てを明かす勇気をまだ持てずにいた。この世の誰よりも裏切りたくない人、欺きたくない人を裏切り、欺いている。己の業の深さに肌が粟立つ。

「そうですか。実は……あの夜、舟入町で兄を見かけた方がおられるようなのです。又聞きに過ぎないのですが。何でも、若いお武家に説教していたとか。兄は見ず知らずの他人に説教したり文句を言える性質《たち》ではありませんでした。気弱なところもあって、よほどのことがない限り、路上で誰かを説教するなどありえないように思うのです。でも、林弥どのたちなら、心安く話もできたでしょうし……。もしやと思いましたが」

「いえ、我々ではありませぬ」

かぶりを振る。少し吐き気がした。

「もしかしたら、勘定方のどなたかではありませんか。生田さまの下におられる若い方だったとか。酔うて騒いでいたのかもしれませんね。それで、生田さまが説教していたとも考えられます」

七緒が細い息を吐き出した。

「そうですね。そうかもしれません。今となっては、確かめようがありませんものね」

「……義姉上は確かめたい何かがあるのですか」

問うべきではないとわかっているのに、問うてしまった。七緒の内に芽生えた疑念を知りたい。

「これは義姉から、絹江さまから聞いたのですが、兄が斬り殺されていたのは出石《いずし》町と呉服町の境辺りの路地だったらしいのです。大通りではなく路地でした。そんなところで、襲撃者に出くわすことなどあるでしょうか。樫井さまのお屋敷とは方向が違います」

あのとき、透馬は樫井ではなく新里の家に帰ろうとした。だから、路地を曲がったのだ。そこで、闇の刺客だった清十郎に襲われた。林弥は透馬を守った。それは、七緒のたった一人の兄を斬り捨てたことでもある。

「林弥どの、樫井さまの根付のことはご存じでしたか」

「根付？」

話題がころりと変わった。息が吐けた。

「樫井さまの根付です。ご自分で作られたとか。熊が鮭をくわえている形をしております」

「ああ……見た覚えがあります。印籠の先に付いていたのかな。樫井は本当に器用だから、たいていの物は自分で拵えるのです」

「ええ、お祖父さまの屋号に因《ちな》んで彫られたのですね。わたしも、樫井さま本人からお聞きいたしました。あ、その根付、たまたまわたしが手に入れたものですから、樫井さまの物と知って驚きました。すでに、お返しはいたしましましたけれども」

「樫井の根付がどうかしましたか？」

「兄が倒れていた路地に落ちていたそうです」

息が詰まった。唇を固く閉じる。そうしないと、呻き声を漏らしてしまう。

樫井の根付が、あの路地に……。

落ちていても不思議ではない。透馬は斬りつけられ、腕に傷を負った。それほどの衝撃に根付の紐が緩んで落ちても、些かの不思議もないのだ。しかし、不思議だ。なぜ、二年も経ってその根付が七緒の手に渡っているのか。

因縁。そんな言葉が頭の中を巡る。

これは因縁か。

林弥は詰まった息を何とか吐き出した。

「出石町の路地なら、樫井は何度も通ったでしょう。あそこを抜ければ我が家への近道にもなる。いつかはわかりませぬが落として気づかぬままだったのではありませぬか」

「兄がその路地で殺されたのはたまたまだったと？」

「そうとしか考えられませんが」

七緒の喉が微かに動いた。呑み込んだのは息だろうか言葉だろうか。

「そうですね。そう考えるのが一番、辻褄《つじつま》が合いますものね。でも」

七緒の指が鬢《びん》のほつれ毛を撫で上げる。

「林弥どの、わたしはまだ闇の中にいるのでしょうか。結之丞どのも兄も、なぜ殺されねばならなかったのか知らぬまま、何一つわからぬままでは、闇から抜け出ることも叶わぬ気がいたします」

「義姉上」

咄嗟《とっさ》だった。

咄嗟に腕を伸ばし、七緒を引き寄せる。それほど力を込めたつもりはなかったのに、七緒の髷《まげ》から櫛が落ちた。

抱き寄せた身体が熱い。

「あなたは闇の中などにはいない。日の下にいるのです。なぜ、自分を闇に閉じ込めようとする。日の下を歩こうとしないのだ」

「林弥さん」

七緒が昔の呼び方をした。

「兄上が逝ってから四年です。その四年、あなたはずっと闇に沈んでいたのか。わたしたちとこの屋敷で生きてきた年月は、闇に閉ざされていたのか。どうなのです、義姉上」

七緒と呼びたかった。

呼んで両腕で抱き締めたい。

七緒が愛しい。そして、怖かった。

七緒は精緻な細工物のようだ。荒く扱えば砕けてしまう。林弥が想いをぶつければ裂け散って、元に戻れなくなる。それが怖くてたまらない。

七緒が身を捩《よじ》った。

櫛を拾い上げ、髷に挿《さ》す。

「いえ……闇などではありませんでした。むしろ、柔らかな光に満たされていた。そんな日々でした。林弥どのの言う通りです。わたしは……わたしを無理やり暗みに置こうとしているのかもしれません。結之丞どののいない日々を幸せに生きてはいけないと、ずっと自分を戒めてきました」

「義姉上」

「でも、林弥どのがいて義母上がいて、本心から笑うことも、咲く花を愛でることもできました。ええ、この四年間、苦しくもありましたが、この上ない幸せでもありました。でも、だからといって……」

七緒が林弥を見据えてくる。脆《もろ》さなど微塵もない、強い光をたたえた眸《ひとみ》だった。

「何も知らぬままでいいのでしょうか。全てを知った上でなお幸せなのかどうか、わたしはわたしに問わねばならない。そんな想いに苛《さいな》まれもするのです」

七緒の声にも表情にも、凛とした響きや気配が滲んでいた。おいそれと砕けも裂けもしない。強靭な力がみなぎる。

おれは義姉上を見誤っていたのか。

七緒と向かい合い、林弥はこぶしを握り締めた。

「あ？」

七緒が障子戸に目をやる。

「林弥どの」

「ええ、誰かが庭からやってきますね」

微かだが足音が聞こえた。

「みねでも与助でもありません。二人とも、台所にいるはずです」

表からおとなうのではなく、裏口から回ってきた足音だ。外はもう、薄闇に包まれている。

「義姉上、奥に」

刀を取り、腰に差す。足音は一つ。殺気は感じない。

あ、この歩き方は……。

「林弥どの、お気をつけて」

七緒も懐剣を手にしていた。

「大丈夫です。賊ではありません。これをお願いします」

刀を七緒に渡す。それから、障子を開け放った。

和次郎が立ち止まり、「わっ」と小さく叫んだ。

「驚いた。何で急に障子が開くんだ」

「驚いたのはこっちだ。盗人かと思ったぞ」

とは言ったが、昔から和次郎は、裏口を使うのが常だった。正式な客でもないのにと、和次郎らしい慎みからだが、それがみねのいたく気に入るところとなっている。みねは男でも女でも、慎ましく控え目な相手が好きなのだ。

「まあ、和次郎さん」

「七緒さま、ご無沙汰しております」

「本当にお久しぶりです。ささ、お上がりになって。今、みねに洗い湯を持ってこさせます。きっと大喜びいたしますよ」

七緒がそそくさと立ち去る。林弥もほっと息を吐いた。今夜はもう七緒に嘘をつかないですみそうだ。

「しかし、いったいどうしたんだ。先刻、別れたばかりではないか」

和次郎はちらりと林弥を見やり、軽く頷いた。

「樫井に呼ばれたんだ」

「え？」

「樫井から家に託《ことづけ》が届いていた。新里の家で待っていろと」

「どういうことだ」

「わからん」

和次郎と目を合わせる。

頭上の空には星がなく、凍てつきが這い上がってきた。

七　闇を穿《うが》つ

七緒が酒を運んできた。

肴はざっぴんの甘露煮と大根の漬物だ。甘辛く煮込んだ昆布も添えられている。肴も盃も三人分、用意してあった。

「お二人とも夕餉をお召し上がりではないでしょう。後で、握り飯でもお持ちいたしましょう」

「いや義姉上、我らに構わず、どうか先にお休みください」

林弥がそう言うと、七緒は僅かに首を傾げた。何か言いたげな表情が現れる。ほんの束の間で消えたけれど。

七緒には直接何も伝えなかったが、和次郎と二人、誰かを待っていることは容易に読み取れるだろうし、林弥と和次郎が二人して待つ相手が誰なのか、これも容易く見当はつくはずだ。七緒は聡く、勘の鋭いところがあった。性根も強靭だ。意外なほどしぶとく、勝気な面を時折、見せる。

結之丞亡き後、新里家に残ったことで七緒を謗《そし》る者も、陰口をたたく者も、無恥な噂を流す者もいた。曰《いわ》く「武家の女のくせに、身を引く術《すべ》を知らぬ」、「婚家《こんか》にしがみついて生きるつもりか」と。

七緒は耐え抜いた。

病弱な義母の世話をし、主のいない家を守り通した。結之丞が暗殺されたとき、林弥はまだ十二歳だった。十二歳の少年には背負いきれない荷を引き受けてくれたのだ。

七緒が結之丞の許に嫁いできたとき、林弥は兄がこの女人の楚々とした美しさに惹かれたのだと一人合点した。しかし、今はその合点がいかに浅かったか思い知る。兄は見抜いていたのだろう。

楚々とした風情の奥に通っている強靱な芯を見抜いていた。真っ直ぐで揺るがない芯ごと七緒という相手を欲したのだ。むろん、聡明さも嫋《たお》やかさも勝気さも、思慮深さの裏にある独り善《よ》がりの面も妙に勘の鋭いところも全て含め、望んだ。

大人なのだと林弥は思う。見えぬものを見、露わでないものを捉える。大人の眼力を結之丞は確かに有していた。

まだまだ及ばないとは重々承知だけれど、七緒に限っては兄と同等以上の眼差しを手に入れたとも思っている。結之丞が逝ってから流れた四年間は、林弥が七緒を見続けてきた年月でもあるのだ。

「では、お言葉通りに休ませていただきます。隣室に、床の用意だけはしてありますので。握り飯は、みねに運ばせますから」

「畏れ入ります」

和次郎が頭を下げる。七緒の足音が遠ざかり、消えるのを待って一息、吐き出した。

「今夜は酒を飲みながらいつ来るかわからぬ客人を待つ。そういう趣向になるわけだ」

「そういうことか。おれは構わんが、おまえは明日の勤めに障るな。なんなら休んでいていいぞ。樫井が来たら起こしてやる」

「まさか」

にやりと笑って、和次郎は銚子を取り上げた。

「美味い酒に、美味い肴を楽しめるんだ。もったいなくて、夜具にもぐり込んだりできるものか」

林弥の盃に酒を満たす。それから手酌で、自分の盃に注いだ。

「それに、おまえとゆっくり話をするのも……ずい分と久しい」

「ああ」

「いつ以来だろうな」

「そうだな」

考えてみる。考えて、一瞬だが息が閊《つか》える。

「源吾が亡くなってからか」

和次郎も唇を結ぶ。眉間に皺が寄った。酒が薬湯に変わったかのような顔つきだ。

「かもしれん。おれたち、敢えて話し込むのを避けていたのか」

道場からの帰り道、三人でよくしゃべり合った。唐突に兄を失い、心無い言葉をぶつけられた日々を、源吾と和次郎の言葉に支えられてきた。綺麗ごとではない一言一言は、心に響くし刺さってもくる。だから頷けた。素直にもなれた。遠慮などしなかった。

源吾の死で、あの日々は一変したのか。

おれたちはもう、あそこには戻れないのか。

静かだ。何も聞こえない。

蛙の鳴き交わしに始まり、蟬しぐれ、雷鳴、夕立の音……騒がしく、賑やかに、響いてこだまして、音に塗《まみ》れていた暑い季節はとうの昔に遠ざかり、今は、濃い闇や青い氷を思わせる空が静かさを深めているかのようだ。

行灯の芯の燃える音さえ聞き取れる。

和次郎の囁きが僅かに静寂を揺する。

「おれは……源吾を救えなかった」

酒を飲み干し、和次郎は姿勢を崩した。膝を立て、壁に寄りかかる。臙脂《えんじ》の明かりに照らされて、面《おもて》には深い陰影ができていた。

「みすみす腹を切らせてしまった」

和次郎の囁きは妙にかすれ、聞き取り辛い。無理やり絞り出しているのかもしれない。

「おまえだけじゃない。おれだって……」

なす術がなかった。燃え落ちる上村の屋敷を前に叫ぶことしかできなかった。おれたちに何ができた？　駆け付けたとき、既に屋敷は燃え落ちようとしていた。何ができるわけもなかろう。そう開き直るのは易い。事実、できることなど何一つなかっただろう。炎の中から、理不尽な死から救い出すどんな力も林弥たちには具わっていなかった。あのときも、そして、今も。

「なあ、林弥」

「うん」

「おれはな、怖いんだ」

「怖い？」

ゆっくり和次郎が首肯する。陰影がさらに色を増して、白い顔に刻み込まれていく。

「おれは出仕が叶い、普請方として働いている。勤めは嫌ではない。普請の仕事は直接百姓と触れ合うことが多い。河道の修理や寺社の造営などに一緒に汗を流すこともしょっちゅうだ」

「うん」

「百姓は米を作る。作物を育てる。それは、国の基《もとい》として国を支えている。おれはそう思っている。思っていると誇らしくなれるのだ。おれたちが土手を直すのも、水路を修繕するのも、田畑を潤し、肥やし、ひいては小舞《おまい》という国を豊かにすることに繋がっていると、そんな気がして胸が躍る」

林弥は返事ができなかった。黙って、和次郎の盃に酒を注ぐ。

川土手はよく歩いた。田植えすぐ後の広々とした田も、稲刈り前の金色に輝く田も目にした。けれど、そこに誰が働いているか、どんな誇りがあるか考えもしなかった。

仕事を持つとは、こういうことなのか。

友の横顔を見詰める。

「死ぬんだ」

「え?」

「あっけなく人が死ぬ」

「和次郎。何の話をしている」

林弥は我知らず唾を吞み込んでいた。酒の味がするすると消えていく。和次郎は立膝のまま、天井辺りを見詰めていた。

天井の端で、部屋の隅で闇がさらに黒々と溜まり始めている。闇溜《やみだま》りは粘り気を持ち、天井に床に音もなく広がっていく。

「大きな普請に関わっているとな、必ずと言うほど死者が出る。倒れた柱の下敷きになったり、大石や土砂の崩れに巻き込まれたり。たいていは人足として集められた百姓だが、無宿者や罪人もいる。二カ月前には、おれと同じ普請方が一人、堤防の修復の最中に足を滑らせて川に落ちた」

「助からなかったのか」

「大雨の後で、川は濁流になっていた。あっという間に呑み込まれ、一瞬浮かび上がっただけでそれっきりだったそうだ。おれが直《じか》に見たわけではないが……。見た者は、浮かび上がった一瞬、その男と目が合った気がすると言っていた。その眼つきが忘れられなくて気がおかしくなりそうだとも」

「流された者は？」

「見つからなかった。遺体さえ、な」

「……そうか」

「知らなかっただろう」

「知らなかった」

「道作りに出ていて山の斜面が崩れ、生き埋めになった百姓のことも知らなかっただろう」

「うむ……。初めて聞いた」

ふっと和次郎が笑んだ。優しい笑みだった。

「恥じることはないぞ、林弥。知らなくて当たり前なのだ。どちらも、ちょっとした異《い》事《じ》として片づけられた。おまえの耳にまで届くはずもない。ほとんどの者が知らず……、知らぬままだ」

だけどなと和次郎は続けた。

「おれは知っているんだ。普請方の武士は井成《いなり》という名字で、おれより五つ六つ年上だった。直に話したことは数えるほどしかないが、威勢のいい物言いをするお方で、嫁取りの話が進んでいるとかで仲間にからかわれていたのを覚えている。百姓は、よく知っていた。名は利吉《りきち》。三十幾つで子が二人いた。どちらも娘だった。無口だったがよく働いて、死ぬ前日には、おれに草鞋《わらじ》を三足もくれた。女房が編んだ真新しい草鞋だ。足裏にぴたっと吸い付くようで、履き心地はすこぶるよかった。礼を言うと、目を細めて笑ったのだ」

「和次郎」

「それが利吉としゃべった最後だった。あれは……昼過ぎだったな。昼飯を食って、道作りに取り掛かって半刻もしないうちに地響きがして、騒ぎになった。山の斜面が突然、崩れたのだ。三人の百姓が生き埋めになって、一人は何とか自分で這い出してきたが、残り二人は……駄目だった。山土の中から救い出されたのは、翌日の朝方だった。既にこと切れていたから、救い出されたとは言えないかもしれんが。利吉は右腕が千切れていた。首の骨も折れていた。おれが……掘り出したんだ。土の中から顔が覗いて、それがほとんど傷のないきれいなもので、おれは一瞬、利吉が気を失っているだけだと思ってしまった。生きているんだと、な。それで、つい、『おい、利吉』って声をかけたんだ」

「おい、利吉」

声をかけたけれど、返事はなかった。

ぐっすり寝入っている。そうとしか思えなかった。「利吉」と、もう一度呼んでみる。

「おい、出たぞ」

和次郎の傍らで、大柄な百姓が叫んだ。利吉と同じ村の伊平《いへい》という男だった。利吉とは幼馴染だと聞いた覚えがある。

「山坂さま、利吉を掘り出してやらにゃあならんで」

「あ……、あ、そうだ、そうだな」

駆け付けた数人と共に土を掘り、石をどける。菰《こも》が運ばれてきた。これに乗せて、村まで連れて帰るのだ。

伊平ともう一人の百姓が利吉を抱え上げる。

腕がなかった。

右手の肘から下が千切れている。そして、首がだらりと垂れて、ぶらぶらと揺れる。

「首が折れとるな」

和次郎の背後で誰かが呟いた。

「腕はもう見つからんな。片手で三途の川を渡らにゃならんげに」

違う誰かが小さく経を唱えた。

源吾。

利吉と呼ぶつもりだったのに、友の名が頭の中で響いた。

遠ざかる菰と人々がぼやける。和次郎は立ち尽くしたまま、泣いた。

翌日、普請は何事もなかったかのように続けられた。

和次郎の静かな口調が胸にも耳にも沁みる。

「声をかけたけど、返事はなかった。当たり前のことだ。でも、声をかけずにはいられなかった」

「うん」

林弥は頷いた。素直な子どものような仕草だと、気が付いていた。それを恥じる気は起こらない。恥じるのは別のことだ。和次郎の語る世界を何一つ、知らなかったこと。和次郎が何を見ていたか、何を知ったのかに僅かも想いを馳せられなかったこと、そこにこそ恥じ入る。

ちらり。和次郎の黒眸《くろめ》が動いた。

「すまん、こんな話をしても仕方ないな。林弥には、何の関わりもないことで……」

「聞いている、話せ」

林弥は僅かだか、和次郎ににじり寄った。

「いや、聞かせてくれ。頼む」

「林弥」

「お前の話が聞きたい。教えてもらいたいのだ、和次郎」

和次郎がゆっくり瞬きをした。目元にできた濃い影が揺れた。唇が動く。

「……利吉は死んでいた。井成さんのときは驚いて、人とはそんなにあっけなく死ぬものなのかと驚くばかりだったが、利吉のときは泣いた。涙が止まらなくて……、それで葬儀の間中、葬儀といっても村の坊さまが経を唱えて、棺桶もないまま葬るだけなのだが、その間、おれはずっと」

和次郎の肩が上下に動いた。息を呑み込んだのだ。

「おれは、ずっと源吾のことを考えていた」

「うむ」

やはり、子どもの仕草で首を縦に振る。

おれでもそうだろう。唐突に、理不尽に奪われた命を思えば、どうしても源吾に行き着いてしまう。

「源吾の死と井成さんや利吉の死は違う。別のものだ。でも、同じだ。命があまりに軽く、粗末に扱われる。人が人ではなく、牛馬か駒のように扱われる。それはつまり、おれたちの命もその程度だということだ」

「うん」

「だから、怖い。自分の仕事が誇らしい一方で、捨て駒としか見られていないことが怖くてたまらないのだ。おれは……源吾のように、井成さんのように、利吉のように死にたくない。死んでも構わない者として扱われたくないのだ」

長い吐息が、和次郎の唇から漏れる。身体が一回り縮んだようにさえ見えた。

「おれは、だから、樫井に変えてもらいたいのだ。こんな世を変えてもらいたい。おれたちには無理でも樫井ならできる。政《まつりごと》に関わり、世を変えていくことができるはずだ」

源吾の墓の前で、和次郎は同じことを言った。樫井に託したいと告げた。あのときはしたり顔で窘《たしな》めた。樫井には樫井の生き方がある。想いを押し付けるわけにはいかない、と。今は頷いてしまう。

おれたちは捨て駒ではない。

和次郎の静かな、けれど、必死の叫びが胸に刺さる。

そうだ、おれたちの命は意味もなく散っていいほど軽くはない。

同じように叫びたい。

「いいかげんにしやがれ」

突然、障子が開いた。

風が吹き込んで、行灯の火を消しそうになる。

「樫井」

とっさに腰が浮いた。

透馬が一足、部屋の中に入ってくる。なぜか、手に握り飯の載った皿を持っていた。

舌打ちの音が響く。

「ったくよ。黙って聞いてりゃ好き勝手なことほざきやがって。てめえら、どこまで他力本願なんだ。聞いてて恥ずかしくならあ。へっ、何が変えて欲しいだ。何が樫井ならできるだ。冗談は顔だけにしやがれ、このすっとこどっこいが。変えたいなら己らで何とかしようってのが筋じゃねえのか。え？　文句があるなら言ってみろってんだ、唐変《とうへん》木《ぼく》どもが」

透馬は握り飯の皿を持ったまま、まくし立てる。和次郎が肩を窄《すぼ》め、囁いた。

「林弥、樫井は何を言ってるんだ。早口過ぎて、まったく聞き取れんのだが」

「おれだってわからん。ほとんど異国語だ。まあ、おれたちを謗《そし》っているのは何となく察せられるがな」

「いやあ、よくあれだけ舌が回るな。たいしたものだ。江戸ってところは、誰もあんなしゃべり方をするんだろうか」

「だとしたら、おれたちにはとうてい住めないな」

「新里、山坂、何をこしょこしょ内緒話をしてんだ。おれの話を聞く気があるのかよ」

透馬が足を踏み鳴らした。相当、腹に据えかねているようだ。

「聞く気は十分にある。ちゃんとわかるように話してくれるのなら、な。樫井、ともかく、座れ。何で握り飯と一緒に立ってるんだ」

「みねから受け取った」

透馬の唇が尖る。

「勝手口から入ったら、七緒どのとみねが握り飯を作ってたんだ。おれを見るなり、みねが悲鳴を上げた」

「悲鳴じゃなくて喜びの声だろう。おまえが急にいなくなってしまったものだから、みねなりに淋しかったんじゃないのか」

「喜びの声ねえ。まあ、そうかもな。開口一番『樫井さま、松の剪定をし直しにおいでなんですね』だってよ。枝の打ち方が中途半端で形が整っていないと文句を言われ、ついでに裏木戸の蝶番《ちょうつがい》をまだ取り換えてないと叱られ、台所の上り框を直してくれと頼まれ、いや、あれは頼みではなくほぼ命令だったな。七緒どのが窘めてくれたからよかったようなものの、下手をしたら一晩中、植木屋と大工の真似をさせられるところだった」

皿を置いて胡坐を組むと、透馬は親指についた飯粒を舐め取った。

「握り飯は一人三つ、塩と梅と昆布の佃煮だ。梅はみねが漬けた梅干しで塩加減はやや少なめだとさ。いいな、一人三つだ。他人のものまで手を出すなよ」

「と、みねに釘を刺されたのだな、樫井」

林弥が言うと、和次郎が横を向いて小さく笑った。

透馬がいるだけで気配が一変する。全てが軽やかで、陽気になる。騒がしくも明るくもなる。闇さえ褪《あ》せてしまうようだ。

「みねから山坂に言伝《ことづて》だ」

透馬本人は不機嫌な顔つきと口調を崩さない。

「おれに？」

「そうだ。久しぶりなので、お会いしたかったが鼻の先にカンパだかカッパだかができて恥ずかしいので遠慮する。今度、カンパだかカッパだかが治ったころにぜひ、おいでいただきたい云々だとよ。山坂と顔を合わせられないのを心底、悔しがってたぞ」

「みねは昔から和次郎贔屓《びいき》なんだ。源吾がよく不満を口にしてたな。扱いに差があり過ぎるとな」

「おれも大いに不満だな。それに、なんだカンパだのカッパだのって？　鼻の先に河童の皿でもできたのか」

「吹き出物のことだ。小舞では鼻の先や額の腫れものをそう呼ぶ。そういえば、みね、かなりのカンパができてたな。それで洗い湯も持ってこなかったのか」

「けっ、まさに〝合わせる顔がない〟ってやつだな」

「樫井、それは使い方が違うのではないか」

林弥がやんわり窘めると、透馬はまた舌を鳴らした。

「どうでもいいやな。みねの吹き出物なんてな。それより、腹が減ってんだ。食うぞ。おまえらが要らないなら貰ってやる」

「いや、おれもいただく」

和次郎が握り飯に手を伸ばす。林弥も倣《なら》った。

適度に塩の利いた握り飯は、唸るほど美味かった。佃煮の甘味や梅干しの辛味がその美味さをさらに引き立てた。

「美味いな。三つじゃ足らない」

あっという間に平らげて、透馬は未練気に皿を見詰めた。まだ二つ、残っている。

「食わないなら、くれ」

「食うさ。他人の物をやたら欲しがるな。みっともないぞ」

林弥はわざと渋面を作って見せる。

「おれも、全部、食う。悪いが樫井に回す分はないな」

和次郎も三つ目の握り飯にかぶりついた。

「ちぇっ、がっつきやがって」

「どの口が言うんだか。おまえの食べっぷり、餓えた犬そっくりだったぞ。よほど空腹だったんだな」

からかったつもりだったのに、透馬は真顔で頷いた。

「死ぬほど腹が減ってたんだ」

「なぜだ。樫井の屋敷でも飯は出るだろう。というか、我が家よりよほど贅沢な膳が並ぶのではないか」

「それが、不味い」

透馬が口を歪める。とびっきり苦い何かを口にしたかのようだ。

「後嗣《こうし》になるのを引き受けたとたん、近習小姓だか何だかわけのわからん輩《やから》たちがぴたっとくっつきやがって、食うときも寝るときも厠《かわや》に行くときだって離れねえんだぜ。鬱陶しいったらありゃしねえ。飯を食う気も起こらねえし、床に忍び込んでくるんじゃねえかっておちおち、眠れもしねえんだ」

「いや、近習小姓は床の相手まではせんだろう。おまえが望めば、まあどうにかなるかもしれんが」

「新里」

透馬の眦《まなじり》が吊り上がった。両手を交差させて、自分の身体を抱える。鼻から息が漏れた。

「頼むからそういう不気味な冗談はやめてくれ。鳥肌が立っちまったじゃねえか。おれは女が好きなんだ。しかも、妙齢のややふっくらした、色白で目のくりくりした佳人というより愛嬌のある顔立ちの女が好みなんだからな。笑うと笑窪《えくぼ》ができると、なおいい。どんぴしゃだ」

「……ずい分と細かいんだな。じゃあ、そういう嫁御を探さないとな。なかなかに骨が折れそうだが」

「このままじゃ、どんな女をあてがわれるかわかったもんじゃない。死んだ人間を悪くいいたくはないが、狐ばばあみたいなやたら権高《けんだか》な尖がり女がきたら、どうすべきか……。考えたら、鬱々としちまう」

「そんなに先走って考え込まなくていいんじゃないのか。嫁取りの話があるわけではないのだろう」

握り飯を食べ終え、くちくなった腹を撫でる。腹の下からふうっと眠気が這い上がってきた。林弥は指先で、瞼を押さえる。零れそうになった欠伸《あくび》を何とか堪える。

「おまえらは呑気《のんき》でいいな。先に先に考えておかねば、取り返しがつかんはめに陥るぞ。あ、酒があるじゃないか。おお、ざっぴんも漬物もある。いいな、やっぱりここは極楽だ」

和次郎が注いだ酒を、透馬は一気に飲み干した。

「うー、甘露、甘露。この世の幸せを感じるな」

「鬱々したり幸せだったり、忙《せわ》しいやつだな」

和次郎が苦笑する。

「で、どんな魂胆があるんだ、樫井」

もう一度、透馬の盃に注ぎながら和次郎は問うた。僅かだが、声音が張り詰めた。

「わざわざ、おれを新里の屋敷に呼び出した。おれと林弥に用があるわけだな」

「そうだ」

「何の用だ」

また一息に酒を流し込み、透馬は手の甲で口元を拭う。

「他力本願にも、呑気にも生きてもらっちゃ困る」

「は？」

「おれに世を変えて欲しいなら、そちらもそれ相応の覚悟をしてもらわねばと、言ってるんだ」

和次郎と顔を見合わせる。

何のことだ？

わからん。

眼だけでやりとりする。

胸の底がざわついた。眠気はいつの間にか跡形もなくなっている。

不意に、透馬が居住まいを正した。妙に重々しい声で告げる。

「新里林弥、山坂和次郎。両名を樫井家家臣として召し出す」


みねが女中部屋に引き上げると、七緒は台所で一人になった。

床に座り込むと、そのまま動けない気分になる。身体が重い。いや、重いのは心だ。心がどこにあるのか知らないけれど、重石《おもし》を括《くく》りつけられたように感じる。

勝手口からひょっこり覗いた透馬の笑顔を思い出した。

優し気で、その優しさで何かを隠そうとしている。そんな男の笑みだった。大人しかできない笑みでもある。背中のあたりがうそ寒くなった。

いつの間に、この方はこんな笑みを覚えたのだろう。そして、林弥どのは……。

義弟に心を馳せる。

林弥どのもいつか、大人の男の優しい、けれど、姑息でもある笑みを知る者になるのだろうか。

眼を閉じる。

眼裏《まなうら》に、熊の根付がありありと浮かんでくる。そこに、兄、清十郎の姿が重なった。

七緒は胸元を押さえた。

よみがえる場景がある。

結之丞の葬儀が終わって間もなくのころだ。

新里家の仏間で、清十郎が仏壇の前に座っていた。

結之丞が斬殺されたのは柚香《ゆかげ》下川の川開き、御前漁の鵜飼《うかい》の夜だった。

皐月芒種《さつきぼうしゅ》。

だから、葬儀は夏の最中であったはずだ。それなのに、七緒の記憶にはしんしんと冷えていく覚えしか残っていなかった。

寒かった。ただ、ひたすらに寒かった。手も足も指先は冷え切って、吐く息はその場で凍り付く。それほどに寒かった。

季節に関わりなく、全てが凍てついていたのだ。結之丞は亡くなることでその身体だけでなく、七緒の熱まで奪ってしまった。

寒くて、冷えて、凍えて、暗い。

現世に露出した黄泉《よみ》の国そのものだった。

「七緒」

「義姉上」

触れた都勢の手が、林弥の眼差しが温かくて、それで、やっと七緒は息ができた。我が身と心を温めることができた。

そんな妹を案じてか、清十郎は時折、しかし、絶えることなく新里の家を訪れていた。訪れれば、仏間で長い間、座っているのが常だった。

あの日も、同じように結之丞の位牌に手を合わせていた。七緒は兄の許に茶を運んだ。清十郎の好む濃い目の茶だ。

「痩せたな」

茶を一口すすり、兄は妹に言った。

「ろくに寝ても、食べてもおらんのだろう」

「……そんな気がおきませぬ」

正直に答えた。どこまでが現《うつつ》でどこからが夢なのか判然としない。そんな日々の中で、眠ることも食べることも無縁に感じていた。

「馬鹿を申せ。食え、そして眠るのだ、七緒」

「兄上」

「生きねばならん。おまえが死ねば、新里の家に新たな悲しみを遺すことになる。結之丞のためにも生きねばならんぞ」

珍しくきっぱりと、清十郎は言い切った。ほとんど命令のような強さがあった。

あのころの七緒にとって、生きろの一言は励ましではなく、刑罰に等しかった。生きろ、生きろと鞭打たれる。

「兄上には……おわかりにはならないのです」

鞭打たれる痛みも、指先の凍えも、全てが暗く閉ざされる心地も何一つ、おわかりではないのです。

何もわからぬまま正論を口にする兄が疎《うと》ましくて、憎しみさえ覚えてしまう。

「諦めろ」

俯いた七緒に清十郎は言った。ため息に似た口調だった。

「これが定めだ、諦めろ」

心の臓に爪を立てられた。そんな気がして、息が詰まった。

何を諦めろと言うのか。

どうすれば、諦められるのか。

できるものか。この身を引き裂かれても、できはしない。

何という惨《むご》いことを申されます。

怒りが音を立てる。冷え切った心身の中で炎が揺らめき立つ。しかし、七緒は口をつぐんだ。燃え上がった怒りが萎《しぼ》み、消えていく。

清十郎は結之丞の位牌を見詰めていた。

眼がなかった。

ぽかりと眼窩《がんか》が開いているだけだった。黒い穴が二つ、兄の顔には穿《うが》たれている。悲鳴を上げそうになった。

清十郎が囁いた。眼はちゃんと付いていた。

「仕方のないことだ」

「え？　仕方ない……」

「人の死は全て天の定めだ。人の力の及ばぬもの。仕方あるまい」

位牌から視線を逸らし、清十郎は立ち上がった。

忘れていた。そして、唐突に思い出した。

兄の底無しに黒いだけの眼と囁き。

仕方のないことだ。だから全てを受け入れ、生きろ。

あのとき、清十郎は妹にそう伝えようとしたのだろうか。

違う気がする。

清十郎は七緒を見てはいなかった。視線の先には、真新しい結之丞の位牌しかなかった。

あれは、わたしにではなく……結之丞どのに？

結之丞への囁きだったのか。

仕方のないことだ。だから、諦めろ、と。

七緒は軽く頭を振った。

考えれば考えるほど、闇に沈んでいく。

結之丞は死んだ。清十郎も死んだ。二人とも斬り殺された。そして、あの根付。

何かがある。

心がこんなに騒ぐのは、何かがある。

頭の奥底で蠢《うごめ》くものがあった。

兄だ。清十郎に関わる何かが蠢いている。

闇と霧に包まれているようで、影のようで、見通せない。あやふやで形が摑めない。

これは何？　わたしは何を思い出そうとしている？　思い出せずにいる？

七緒は両手で顔を覆った。

夜は静かで、どこかで梟《ふくろう》が鳴いていた。


「は？」

と、林弥は言った。同時に、和次郎も首を傾げた。

「何だって？」

「そんな間の抜けた声を出すな。芝居で言えば、ここは山場だぞ」

林弥は眉を顰《ひそ》め、顎を引いた。

「おまえ、芝居をしているのか」

「してねえよ」

透馬は足を崩し、またどかりと胡坐をかいた。

「まったく、洒落にならねえ野郎どもだぜ。けど、本気で覚悟しろよ。おまえら二人ともおれの近習として働いてもらうからな」

もう一度、和次郎と顔を見合わせる。林弥が先に口を開いた。

「ちょっと待て、樫井。それは何だ。どういう意味だ」

「まんまじゃねえか。親父の了解は得ている。おまえら、樫井家の家臣になって、あの鬱陶しい近習のやつらと入れ替わってもらう」

暫くの沈黙の後、林弥はかぶりを振った。

「嫌だ」

透馬の眉が思いっきり寄った。眉間に皺ができる。

「断るつもりか」

「断る。どうして、おまえの近習などにならねばならん」

「世を変えるためだ」

透馬が言い切った。

林弥は息を呑み込む。そんなのまっぴらだと言いかけた口を一文字に結ぶ。

世を変えるためだ。

ほんの短い一言が胸を衝《つ》いた。

「おまえら、さっきから言ってたじゃねえかよ。人の命が軽く扱われる世を変えたいとか、おかしいとか、さんざんぶぅたれてたよな」

「ぶぅたれとは、何だ？」

「うるせえな。文句ばかりつけてたってこった」

「文句ではない。想いを語ったのだ」

「恰好つけんな。いろいろ想うところがあって、それが不平不満に繋がってんだ。そうだろうがよ。おまえらの情けない、かつ卑怯なところは、他人に全部、託そうなんて楽なことを考えてるとこさ。全部、こっちに押し付けて、変えろ変えろって煽《あお》ったってどうにもなるもんかい。こちとら、竈《へっつい》の燃えかすじゃねえんだ。煽がれて、はいそうですかって燃え上がれるわけねえだろうが」

透馬がまたまくし立てる。半分ほどしか解《げ》せなかったが、押し付けただの卑怯だのの罵詈《ばり》は聞き取れた。

「押し付けたわけではない。ただ、樫井には執政に進む道がある。政に関わり、これを変えていくことができる。その見込みは、おれたちよりよほど高いではないか。そういう話を和次郎としていた。どこからどこまで立ち聞きしたのか知らんが、卑怯者呼ばわりは心外だ」

「廊下に立っていたら勝手に聞こえてきたんだ。だいたい、廊下の気配ぐらいちゃんと気付け。ふん、何だかんだ言ったって、おまえら他人任せなのは事実じゃねえかよ。ああ、いいさ。こうなったら開き直って、執政だろうが家老だろうが、何だったら公方でも天子でも引き受けてやる。けど、一蓮托生だからな。おまえたちだけ楽にはさせん。このくだらねえ世の中を変えたいと望むなら、おれと一緒に足掻《あが》いてもらう」

「樫井」

「つべこべ言うな。つべこべじゃなくて、うんと言え。どっちみち、おまえらはもう逃げられん。おれが逃げられんのと同じだ」

「よくもそこまで理に合わんことが言えるな。無茶苦茶だ」

「おれは承知だ」

背後で和次郎の声がした。

振り向く。

和次郎は林弥の視線を受け止め、繰り返した。

「おれは承知する」

「本気か、和次郎」

「うむ」

「樫井の家臣になるんだぞ。こいつを主として仕えるんだぞ」

「ああ、それはいい、別に気にするな」

透馬がひらひらと手を振った。

「そういうのは表向きだけのことにしといてくれ。おれだって、おまえらにまで畏《かしこ》まられたりしたら窮屈でしかたない。息が詰まって死にそうになる」

和次郎が、顎を上げた。

真剣な眼差しだった。林弥は気息を整える。そして、透馬を改めて見つめた。

「樫井、尋ねたい」

「なんなりと」

「おれたちをどう使うつもりなのだ」

躊躇《ためら》いの間があるかと思ったが、即答だった。

「わからん」

「わからん？　おれたちの才を認めて家臣にと望んだのではないのか。まさか、一緒に足掻かすためだけに引きずり込もうと、考えたわけではあるまい」

「うーん、そこを突かれると些《いささ》か困る。有体に言っちまうと……、おれは一人が嫌なんだ。経師《きょうじ》職人としてなら何てこたぁない。どんな苦労だって苦労にゃならねえよ。けどよ、執政だの家老だのの苦労なんて、まっぴらごめんだ。けど、こうなったら仕方ねえじゃねえか。どうじたばたしたって逃げられないなら、潔く受けるしかない。おれは、覚悟を決めたわけだ」

「潔いとは思えんけどなあ」

つい、呟いていた。

透馬は己の定めを振り払おうと、ずっともがいていた。言うほど潔く受け入れたわけではないだろう。しかし、覚悟を決めたのは事実のようだ。

「うるせえや。こちとら、江戸っ子だ。一度、よしと決めたならとことんやってやる」

「でも、一人は嫌だったんだな」

和次郎がふっと口を挟んできた。眼の中に、微かな笑みがあった。おそらく自分もよく似た眼つきになっているだろう。透馬といると、どうしてだか笑うことが多くなる。嗤笑《ししよう》や冷笑ではなく、気持ちが動いて笑いが口の端にも眼の中にも滲んでしまうのだ。

「うん」

やけに素直に透馬は頷いた。

「心細かったのか」

和次郎が重ねて問うた。ずい分とあからさまな問いかけだ。いつもの和次郎なら、決して口にしなかっただろう。我が身に関わることだから必死になっているのではない。遠慮など無用だとわかっているのだ。

「一人が心細くて、おれたちが入り用だったのか」

「……それもある」

「他には？」

「だから、おれだけ苦労するのが嫌だったんだ。何だか、ひどい貧乏籤《くじ》を引いた気分になって、腹が立った」

「樫井家の後嗣となるのが貧乏籤か」

和次郎がため息を吐いた。

「おれは普請方の小役人から筆頭家老家の家臣に、しかも御後嗣の近習となれるなら、文句はない。正直、夢のような出世だ」

「和次郎」

「樫井の話に乗れば、その夢が手に入る。もう、惨めな思いをしなくてすむ。井成さんのような、利吉のような……、源吾のような死に方をしなくてすむ」

和次郎が口をつぐむ。

静寂《しじま》が戻ってきた。庭の落葉の音が聞き取れる。そういう静寂だ。

静寂の中を酒の香りと灯心の焦げる匂いが混ざり合う。

「それだけじゃないだろう、和次郎」

林弥の一言に、和次郎は顔を上げた。心持ち、俯いていたのだ。

「それだけじゃないな。確かに、捨て駒のように扱われることは怖い。この命を理不尽に奪われることも怖い。けど、おまえ、怖がっているだけではないだろう。怖気から樫井の話を受け入れたわけではないよな。もしかしたら……」

和次郎の視線が絡んでくる。

「もしかしたら、これは一つの機会かもしれん。樫井の言うように誰かに縋《すが》るのでも、頼みとするのでも、押し付けるのでもなく、おれたちの力で世を変えていく、変えていける好機かもしれない。源吾のような死に方を、おれたちも含めてもう誰もしなくていい世を作れるかもしれない。そう考えたんだろう」

和次郎は答えなかった。身じろぎさえしなかった。黙って、林弥と目を合わせている。仄《ほの》かに赤らんだ目元だけが、胸内の高揚を伝えてきた。

「樫井を使えば、政に深く関わっていける。それは、おまえが願っていた人の命が人のものとして尊ばれる世に繋がるかもしれん。その見込みに賭けてみたいと思った。違うか？」

ふっ。和次郎の唇が綻《ほころ》びる。綻んだ唇から低い声が零れた。

「おまえはどうなんだ、林弥」

「おれか……」

どうなのだろう。

おれはどうなのだ。己の心をまさぐる。

「おれは賭けてみたい」

思いの外《ほか》、強い口調になった。

「樫井に、おまえに、自分に賭けてみたい」

和次郎の頰が僅かだが赤らむ。

そうだ、やれ、やってくれ。

源吾の声が耳に響く。

頼んだぞ、林弥、和次郎。

「待て、ちょっと待て、待て」

透馬が林弥の鼻先で手を振った。

「おかしいぞ、おまえら。話を聞いていると、おれが使い勝手のいい灯心押さえみたいに聞こえるじゃねえか。おれを利用して望みを果たそうなんて百年、早えや。自惚れんじゃねえぞ」

「自惚れてなどおらん。家臣になってやってもいいと言ってるんだ。ありがたいと思え」

「うわっ、嫌だね。何だよ、その偉そうな物言いは。しかも、さっきは言下に断りやがったくせによ」

「おまえの真意が摑めなかったからだ。主面《あるじづら》で威張り散らされてはたまらんではないか」

「新里、おれがそんな人間に見えるか」

「うん。十分に見える」

「はあ？　どこに目玉がついてんだ。尻の横か」

和次郎が噴き出した。

「おまえら……おかしい。本当におかしいぞ……」

俯いたまま肩を揺らす。こんなに笑い続ける和次郎は珍しい。何だか愉快でたまらなくなり、林弥も笑声をあげた。透馬だけが憮然《ぶぜん》とした顔つきで座っている。それが、また、おかしい。

「さて、殿」

笑いが収まると、林弥は背筋を伸ばし透馬に目をやった。

「我々はこの先、何を為すべきか。わからぬでは済みますまい。畏れながら、殿が今、何をどのように考えておられるのか聞かせて頂きたく存じます」

こぶしをつき、頭を下げる。とたん、後ろ頭を打たれた。弾みで額を畳に打ち付ける。

「いたっ、何をするんだ」

「ふざけた真似をするからだ。馬鹿野郎が。おれをからかうなんざ、これまた百年早いんだよ」

「そうだな。今のは林弥に非があるな。別に、今、畏まらずともよかろう」

和次郎にまで咎《とが》められ、林弥は首を縮めた。

透馬をからかうつもりはなかった。いや、まるでなかったとは言い切れない。笑いの余韻の中でつい調子に乗ってしまったのは事実だ。ただ、調子に乗って口を滑らせたわけではない。口軽く、適当にしゃべったわけでもない。

透馬の本心を聞きたかった。

何も聞かぬまま、ひたすら従うだけの臣にはなりたくないし、透馬がそれを望んでいるはずがない。

だから、聞かせてもらおう。

樫井、おまえは何を為そうとしている。何を考えている。

透馬が小さく唸った。

その面にも陰影が刻み込まれている。いつもは生き生きと動き変化する横顔が、人形に似て作り物めいて見える。

「まずは知らなきゃなるめえ」

人形の横顔のまま、透馬が呟いた。

「今の小舞がどういう有り様なのか。真実の姿を知るってとこから始めるしかなかろうよ」

「知る、か」

「そうだ。おれが思うにな、為政者なんてのは目ん玉が一つしかねえんだ。一つ目玉で、自分にとって都合のいい面しか見ようとしない。うちの親父の場合、あえて片目をつぶっている風だがな。どっちにしても、見える範囲は限られてくる。おれたちは、二つの目ん玉で見渡さなきゃいけねえ。だろ？」

「まさに」

和次郎が身を乗り出してきた。

「都合の良い悪いではなく、真実を見るということだな、樫井」

そう問うて、息を呑み下す。

「そうだ。そこが肝要だと思っている。その一つが、先っぽさ」

透馬が食指を真っ直ぐに立てる。林弥は、その先端を凝視する。いかにも器用そうな形のいい指だった。

「先とは？」

「末さ。侍たちが居座っている城が真ん中なら、そこから遠く離れた末がある。山坂にはわかっているかもしれねえがな」

「ああ、わかる」

和次郎が深く頷いた。

「百姓たちの、普請方小役人の暮らしがどういうものかなら、おれは骨身に染みて知っているぞ、樫井」

「けっこう。おれは根が町人だからよ。世の中なんて厄介なものを下支えしてんのは百姓や商人、職人だってよぉくわかってる。いわば、世の支柱さ。そこを知らずして政なんてできるかよ。卵の何たるかを知らないで鶏を飼うようなもんだ」

「譬《たと》えは解せんが、言っていることはわかる」

林弥も首肯する。

透馬の視線は確かだと感じる。具わった二つの目をしっかりと見開き、高みではなく低地から眺めようとしている。

こいつ、意外に優れ者だ。

舌を巻くような気分になる。

「で、もう一つが水杉の残党だ」

透馬の声がすっと低くなる。

「残党だと？　水杉を担ぎ出しての謀反でも企てているのか」

思わず身体が強張る。

「いや、そうじゃねえ。水杉本人はもう使い物にならないぐれえ、よれよれになってるって話だぜ。まあ、芝居してんのかもしれねえがな。変に欲を見せれば、邪魔者として抹殺されるのは明白だからな。やっかいなのは、大将じゃなくてその下にいたやつらだ」

樫井家老は政変の後、大々的な執政の入れ替えを行わなかった。水杉派を一掃せず、そのまま役職に据え置いたのだ。

「人は財、人は宝だ。私事に捉われず、小舞のために働くのなら来し方は一切、問わぬ」

そう言い切った樫井信右衛門は、度量の広さを讃えられ、その称賛の声は今の揺るぎない地歩を築く礎となった。

「我が父親ながら、巧妙だと感心する。水杉派だった重臣たちは我が身可愛さにころっと寝返り、親父に忠誠を誓った。表向きだけじゃなくて心底からのやつも、けっこういたそうだぜ。もともと、樫井派が蔓延《はびこ》るのを怖れ、あるいは快く思わず水杉に与《くみ》した者がほとんどだから、保身が叶うとなると親父に尻尾を振るのもやんぬるかな、だ。しかし、中には骨があるというか、融通が利かないというか、上手く立ち回れなくて身を亡ぼす輩もけっこういた。禄を返上して浪人になる者もいたし、もっと激しいのは、寝返った重臣たちへの当てつけなのか親父への抗いなのか、腹を切ったやつらがいた。五人や、六人じゃねえはずだ」

「そんなに」

眉がつりあがったのが、わかる。林弥も切腹して果てた水杉派の武士について、耳にした覚えがあった。それは、さほどの騒ぎにはならず、いつの間にか萎み、忘れられていた。

五人や、六人ではない。とすれば十人近くが自ら命を絶ったのか。

「死んじまったやつは、まだいい。義憤だか意地だか落胆だか知らねえけど、自分の都合で腹を切ったんだからな。けど。残された家人は大事よな。後を追って自裁した女房や老親も、家族のために苦界に身を沈めた娘もいたそうだぜ」

苦界に身を沈めた？

喉の奥が震えた。

白粉を叩いた顔が浮かぶ。七緒とよく似た眼元の、小さな顔。

お梶だ。

蓮っ葉な物言いがそぐわなくて、所作の端々に武家の出自がうかがえる遊女の顔だった。

まさか、いや、もしかしたら……。

「舟入町にはそういう女がいた。もっとも、決して身分は明かさなかったがな。おれの見たところ」

透馬は指を折る。

「三人、いや四人ぐらいはいるんじゃねえのか」

その中にお梶という女はいるのか。

林弥が口を開くより先に、和次郎が尋ねた。

「樫井、何故、そんなに舟入町の事情に詳しいのだ」

「まあ、しばらく『福家』って小料理屋の女将に厄介になっていたからな」

「舟入町の店の女将にか？　やるもんだな」

「へへ、まあな。けど、おかげで小舞の底を見たぜ。身を売った女はもちろん、買いに来る男だってどん底を這いずり回っている者は大勢いる。その中に、水杉派の生き残り連中も交ざっていた。そして、やつらの憤懣《ふんまん》は相当なもんだ。裏切られ見捨てられたと憤っているわけよ。一度など『福家』の座敷で、何たらとかいう重臣の駕籠《かご》を襲って一太刀なりとくらわすかなんて、物騒な談義をしていたぜ。その後、どうなったか知らねえけどな」

和次郎が身を引き、眉を顰めた。不穏な臭いを嗅いだのだ。林弥の鼻にも臭った。

男たちはまだ蠢《うごめ》いている。

利権、意地、義憤、怨み、見えぬ明日……。様々なものに突き動かされて、唸っている。

手負いの狼のようだ。

危ない。

「しかし、樫井家老のことだ。何か手を打っているのではないか」

「どうかな」

　透馬が目を細める。

「あの不穏を親父が知らぬわけはない。とうに感付いているはずだ。感付いてどうしようとしているのか、そこんとこが読めねえのさ。なにしろ、百戦錬磨の大狸だからな。他人を化かすのはお手の物だ」

　実の父親を辛辣に評して、透馬は酒を呷《あお》った。

「ともかく、おれたちはおれたちのやり方で、政に関わっていく。これからな。おまえら、ちゃんと働けよ」

「働くと思ったから、わざわざ近習に召し抱えたんだろうが。どう働けばいいか、まったく見当がつかんけれどな」

　正直に告げる。

「おれだって見当なんてつかねえよ。だから、これからだ。おれたちは若いからな。何だってできるさ」

「何だってできると信じているのか」

「信じている」

　一息の間もなく、透馬が答える。

「『そなたは強くなる。それだけを信じろ』。新里先生のお言葉だ」

「兄上の……」

背中に刃を感じた。冷たい風が首筋を撫でたようにも感じた。

これは?

「そうだ。だから、おれはおれを信じるのだ。そして、おまえたちを信じる。信じてとことんやってみる」

ふっと透馬が笑んだ。しかし、その笑みは束の間でしかなかった。かわりに、顎の線が硬く張り詰める。

「新里、山坂」

「ああ、気付いている」

林弥は素早く立ち上がり、行灯の灯を消した。

漆黒の闇がぱさりと落ちてくる。

「和次郎」

刀架から刀を取り、和次郎に渡す。和次郎は既に袖を括っていた。林弥も股立《ももだ》ちを取り、袖を絞った。

微かな足音と気配が近づいてくる。気配には、明らかな殺気が混ざっていた。

賊だ。

「ちっ、せっかくの決め台詞だったのに。不粋なやつらだぜ」

透馬が舌打ちをした。

「誰だ。心当たりはあるか」

「ないこともない。五割の見込みだがな」

「また、樫井の厄介事に巻き込まれたわけか」

「どうだかな。新里絡みかもしれんぞ」

「おれ？　おれは関わりあるまい」

ふっと、舟入町で感じた鋭い気配を思い出す。あれに繋がるのか。

和次郎が障子に身を寄せ、腰を落とす。

「三人、いや、四人だ。林弥、七緒さまたちは」

「ああ、ここはおれたちが引き受ける。樫井、義姉上たちを頼む」

「合点承知。みねは知らんが、七緒どのと都勢さまは必ずお守りする」

足音が止まった。

気配がさらに尖る。

「何者だ」

林弥は障子を開け放し、誰何《すいか》の声を上げた。

空に月が出ていた。

蒼白い月明かりに、四人の男たちがぼんやりと照らされている。

音もなく、刃が抜き放たれた。

刀身が蒼白く煌《きら》めく。

全身の血がざわりと蠢いた。

八　八雲の湧くところ

夜気《やき》が震える。

闇の中から、黒い塊が飛び出してきた。闇そのものが千切れ、塊になって向かって来たようだ。

蒼白い閃光《せんこう》が走る。

刃の光だ。

速い。しかし、よけ切れない速さではなかった。身を捻り、一撃から逃れる。そのまま、黒い塊に向かい刀背《みね》を打ち込んだ。確かな手応え。人の肉体の手応えが伝わってきた。

声も上げず転がった男を跨《また》ぎ越し、林弥は庭に降り立った。寸の間もなく、別の一人が斬りかかってきた。こちらも無言のままだ。ただ、殺気だけが突き刺さる。鍛えられているのだ。

襲撃者として、刺客として鍛えられている。

おそらく、容赦なく、躊躇いもなく他人を葬り去れる輩だろう。敵とすれば、この上なく厄介だ。

一瞬の隙が命取りになる。

殺気と刃を受け止め、撥《は》ね返し、素早く足を引いた。退きながら相手の手首を打つ。骨の折れる鈍い音が響いた。

これで、二人。

ふっと息を吐いた刹那、切っ先が襲い掛かってきた。折れた右手から滑り落ちた刀を男は左手で摑み、攻撃してきたのだ。腕に微かな痛みを感じた。

身体が動く。

ぐわっ。くぐもった叫びをあげ、男が前のめりに倒れた。同時に生温かい飛沫《しぶき》が顔に首に腕に降りかかってきた。

汗より涙より粘り気のある滴《しずく》が頰を伝う。血の臭いが濃く漂う。

あ……。

目の前で血を噴き上げながら清十郎が倒れていく。その上に、結之丞の姿が重なった。

幻だ。

幻は瞬きする間もなく搔き消える。現《うつつ》のようにいつまでも、立ち塞がりはしない。

林弥は気息を整え足元を見下ろした。男が呻《うめ》いている。手が勝手に動き、刀身を拭った。血がさらに濃厚に漂う。

男は呻きながらも立ち上がり、よろめく足取りで植え込みの陰に消えた。

「林弥」

名を呼ばれた。振り返ると、廊下に倒れた刺客の傍らで和次郎が片膝をついていた。月明かりの中で、苦し気に歪んだ顔が浮かび上がる。額に浮かんだ汗まではっきりと見えた。

「和次郎」

駆け寄る。

「どこか、やられたか」

「いや……大丈夫だ。相手が手強くて……、何とか……」

そこで、和次郎は顔を上げ大きく目を見開いた。

「林弥、おまえこそ血が……」

「返り血だ。それより」

刺客は四人いた。倒したのは三人のみ。

「林弥、まずいぞ」

和次郎が跳ね起きる。そのときすでに、林弥は廊下を駆けていた。

七緒の部屋は仏間の横にある。都勢はさらに奥まった一室で寝起きしていた。

仏間の襖《ふすま》が外れ、傾いている。

蒼い月の光が、向き合っている男二人を淡く照らし出す。刺客も透馬も抜刀していない。柄《つか》に手を掛けたまま微動だにしなかった。

「樫井」

「新里、来るな」

透馬の一言に踏み込んだ足が止まった。同時に刺客が身体を回し白刃《しらは》を抜く。殺気が無数の針を思わせて突き刺さってきた。先刻とは比べ物にならない鋭さだ。気合も掛け声もなく、ただ相手を殺そうとする気配だけがぶつかってくる。

林弥は腰を低くし、足を横に滑らせた。耳元で風が唸る。身体すれすれを刃が過ぎていく。その刃は止まることなく、突きを繰り出してきた。

透馬の太刀筋《たちすじ》によく似た動きだ。しかし、透馬ほどの速さはない。あの神速の剣に比べれば何程のものでもない。

見切れる。

刺客の肩口に刀背を打ち込む。

「ぐふっ」

刺客は床に倒れ、そのまま廊下に転がり出た。肩を押さえながら、立ち上がる。

束の間、視線が絡んだ。刺客の口元が微かに吊り上がる。

笑った？

刺客の視線が林弥から和次郎に移った。と思う間もなく、身をひるがえし走り去った。

「退《ひ》け」

命じる声だけが、闇の向こうから微かに聞こえた。北からの風が、刺客たちの声も気配も拭い去って過ぎる。その風が首筋に染みた。うっすらと汗をかいていたらしい。

刃を納め、振り返る。

「樫井、無事か」

「ああ、大事ない。本気で向かってこられたら、些《いささ》かやばくはあったが……、どうやら、その気はなかったようだな」

「本気ではなかったと？」

透馬がひょいと肩を上げた。

「少なくとも、あの男におれを殺す気はなかった。そんな気配はまるで伝わってこなかったからな。おれはただ、囮《おとり》みたいなものだったらしい」

「囮？」

「そうさ、試したかったんだろうよ」

「試す？　樫井、何を言ってる？　意味がわからん」

「おれだって確かにそうだと断言はできん。屋敷に戻って、ちょいと調べてみる」

「屋敷というのは、樫井家のことか」

「そうだ」

「あの刺客たちは、樫井の家から放たれたのか」

「だろうな」

「だろうなって、心当たりがあるのか」

「まあな。五割よりもうちょい多いかもしれん」

「樫井、おれたちにもわかるように、ちゃんと話せ。どうして、おまえが刺客に狙われる」

「ちゃんと話せるようならとっくに話している。新里、もう少しだけ時をくれ」

「……それならば、一つだけ教えてくれ」

半歩、透馬に詰め寄る。

「樫井家老をはじめとして、重臣方はみな刺客を抱えているのか。あの男のような暗殺者を……。そして、今も兄上のように、無残に殺される誰かがいるのか」

「先生を葬り去った、あやつほどの手練《てだ》れはそうそういないだろう。しかし、今、おれたちを襲ったやつら程度ならごろごろいるんじゃないのか。子飼いの刺客ってやつだ」

身震いしていた。汚物に足を踏み入れたような不快を覚える。

「政《まつりごと》の裏側でそいつらが暗躍しているというのか。だとしたら、政とはいったい何だ」

「そんなこと、おれが知るかよ。何でもかんでも尋ねてくんなと言っただろうが。ただ……、ただな、新里。政なんてのは元来、汚いものなんじゃねえのか。汚水にしか咲かない、咲けない徒花《あだばな》ってやつだ。綺麗ごとじゃ、どうにもならねえのさ」

そこで透馬は一息吐き出し、僅かに笑んだ。

「それとも、おれたちが力尽くでどうにかしちまう、その覚悟を決めるかい」

笑みがさらに広がる。

「まあ、決めなきゃしょうがねえよな。決めて、淀んだ汚水を掃除する。そのために、互いに信じると誓ったんだからよ」

「いや、誓ってはいないはずだが」

「新里、話の腰を折るな。だいたい、おまえはな」

透馬が口をつぐむ。仏壇横の襖戸がゆっくりと開いていった。

「義姉上」

七緒が身を滑らすように、仏間に入ってきた。

「賊は、如何なりましたか」

小さな声で、しかし、しっかりした口調で尋ねてくる。

「ご安心を。全て、追い払いました」

透馬の返事に、七緒は肩の力を抜いた。

「よかった。義母上さまは、みねの部屋におられます。大丈夫だとお伝えしてもよろしゅうございますか」

「構いませぬ。が、念のため、今少しこのままでおられますようにともお伝えください。山坂、すまぬが裏木戸のあたりを確かめてきてくれ」

「承知」

「くれぐれも用心を怠るな。逃げ去ったとは思うが、気を緩めるなよ。まあ、山坂ならおれが言うまでもないか」

「樫井、〝山坂なら〟というのはどういう意味だ。まるで、おれが用心足らずの粗忽者《そこつもの》のように聞こえるではないか」

「新里、それは僻《ひが》みと言うものだ。女の妬心《としん》は恐ろしいが、男の僻みは、ただただみっともないだけだぞ」

言い返そうとしたとき、ほわりと部屋が明るくなった。七緒が行灯《あんどん》を点したのだ。七緒は袖を絞っていた。帯には懐剣《かいけん》が差し込まれている。七緒なりに都勢を守る心積もりが窺えた。仄明《ほのあ》かりに照らされた腕が白い。闇をはらうような白さだ。

「ま、林弥どの」

七緒が目を見張る。

「お怪我をなされましたか」

「あ。いや、大事ありません」

「でも、そのように血が……」

暫《しばら》く躊躇い、林弥は告げた。ここで隠し立てしても仕方ない。隠し通せるわけもない。

「これは、返り血です」

「返り血」

七緒が息を呑む。行灯の炎が微かに揺れた。

「殺したわけじゃあるまい」

透馬がさらりと口を挟んだ。

「新里のことだ、急所は外しただろう。返り血といっても、たいした量じゃないしな」

「でも、腕に傷を負われたのではありませんか。血が滴っておりますが」

七緒の表情が明らかに曇る。

「たいしたことはありません。掠《かす》り傷です」

「お手当ていたします」

七緒は仏壇の下から、薬籠《やくろう》を取り出した。季節の変わり目ごとに訪れる薬売りが置いていった薬が入っている。膏薬《こうやく》や鎮痛に効き目のある丸薬《がんやく》に交じって、傷薬もあった。

「あ、いや、七緒どの、そんなに気にすることはありません。この程度の傷なら舐めて治せます、甘やかすことはありません」

透馬が大きく、かぶりを振る。七緒の動きが止まった。

「おれは犬猫じゃない。傷を舐めて治したりせんぞ」

「唾を付けとけば済むって話さ。なので、七緒どの、ご心配も手当ても無用ですぞ。着替えぐらいは入り用かもしれませんが、それとて本人がいたします」

軽い口調だったけれど、七緒は黙って頷き、薬籠をまた仕舞い込んだ。

「まったく、好き勝手言いやがって」

苦笑しながら、胸の内で透馬に頭を下げる。透馬はさりげなく、七緒を遠ざけてくれた。

敵の返り血を浴び、自身も浅いとはいえ傷を負った。そういう姿を七緒の眼にさらしたくない。部屋の片隅にある闇溜《やみだま》りに身を潜めたいような心持ちだった。

透馬はそれをちゃんと心得てくれていた。ありがたいと感じる。同時に奔放で気随《きずい》なはずの男の、細やかな心配りに驚く。

敵わないな。

とうてい敵わない。と、思う。

「義母上さまに大事ないことをお伝えしてまいります」

「お願い申す。都勢さまにはご心配をおかけした。この件、樫井家の揉め事に端を発しております、それに新里たちを巻き込んだ形になり、まことに申し訳ござらん」

「樫井さまのお家の……」

「さようです。おそらく、それがしが樫井の家を継ぐことを快く思わぬ者が刺客を放ったのでしょう」

七緒が瞬きを二度繰り返した。

「樫井さまには、その者のお心当たりがあるのですか」

「ございます」

「まあ……」

「これより急ぎ、屋敷に戻ります。気になることもございますゆえ」

「おれも行こう」

躊躇いなく、言葉が飛び出した。

「万が一ということもある。ついて行くぞ、樫井」

束の間、室内が静まる。和次郎の足音が近づいてくる。今夜、和次郎にここに泊まってもらおう。女たちを守ってもらわねばならない。

何が起きるかわからないのだ。

現が牙を剝き出したと感じる。だから、透馬を一人にしたくなかった。

「よかろう」

透馬が呟いた。低い声音だった。

七緒が睫毛《まつげ》を伏せ、横を向く。

灯心の匂いが濃くなった。

樫井家の奥に渡る廊下を、透馬は駆けた。後ろにぴたりと林弥が続く。林弥には何も告げていない。

これから何をするのかも、誰に会うのかも。

林弥は何一つ、問わなかった。ただ、寄り添っているだけだ。守られている気がする。

これまで、この屋敷ではいつも背後がうそ寒かった。冷ややかな眼差しや気配が常に突き刺さってくるように感じた。その冷ややかさは、いつ何時殺意に変じるかわからぬものだった。怖くはなかったが、疲れはする。

今は楽だ。背中が温かい。

新里林弥を盾にするつもりはない。家臣にするつもりもない、捨て駒にする気はさらにない。

そういう関わり合いではないのだ。

ではどういう関わりだと問われれば、答えに窮《きゅう》する。友だと言い切れないし剣の師、新里結之丞を介しての間柄だとも明言できない。

勝手のわからない相手だ。ただ、信じることはできる。

この男が自分を裏切ることはない。そして、自分がこの男を裏切ることもない。そう、信じられる。だから、躊躇いなく背中を見せられた。

廊下を渡り切る。

目の前に黒い影が立った。微かに香の匂いが漂う。影がゆらりと動いた。掛け行灯の明かりに女の白い顔が浮かぶ。額に引《ひ》き攣《つ》れた傷痕が刻まれていた。

「ふさ、か」

かつて和歌子付きの侍女であり、今は兄、保孝の側女《そばめ》となっている女だ。おそらく、信右衛門の慰《なぐさ》みだった時もあっただろう。

「ここからは保孝さまのご寝所。一歩も先には行かせませぬ」

ふさは懐剣を摑み、透馬を睨みつけた。

こういう顔つきが似合う女だ。きりりと吊り上がった眉も眼元も、険しさより凛とした張りを感じさせる。

ほっ。短い吐息が漏れた。

「生きていたか。安堵したぞ」

「え……」

吊り上がっていた眦《まなじり》がひくりと震えた。

「そなたが自死しているのではと気が急《せ》いた。無事に生きているなら何よりだ」

ふさの眦が震え続ける。

「なぜ、わたしが死なねばなりませぬ」

「とぼけるな」

胸の内で舌打ちする。

見え透いた芝居をしやがって。

苛立ちが込み上げる。どいつもこいつも、三文芝居の大根役者ばかりだ。

「おれに刺客を差し向けたのは、おまえだろうが。そんなことぐらい、こっちはお見通しなんだよ。ったくよ、おれを殺したら、兄貴に後嗣《こうし》の座が転がり込むって考えたのか。浅知恵もたいがいにしやがれ。おまえの頭の中には藁屑《わらくず》でも詰まってんじゃねえのか」

「ま……」

ふさの口が丸く開いた。

ふさの身を案じたのは、心を寄せたからではない。この屋敷の女にも男にも、透馬は〝人〟を感じなかった。人形が妖術によって動かされていると言われれば、妙に納得してしまうかもしれない。

それでも、ふさには死んで欲しくなかった。

襲撃に失敗したと知ったふさが自裁する。それを怖れた。

父信右衛門は意思をもってにしろ、本意でないにしろ多くの者に血を流させた。酷薄《こくはく》ではないが、政のためなら、覇者となるためなら血が流れるのも已《や》む無しと考えられるほどには傲慢だ。

同じ轍《てつ》を踏みたくない。

人の命を道具のように扱いたくなかったし、花のように散らせたくはなかった。実の父への意地であるかもしれない。

おれはあんたとは違う。樫井の家を継ごうとも、あんたのようにはならない。

言葉ではなく生き方で示すつもりだった。

背後で、林弥が身じろぎした。

「樫井、この女人《にょにん》が？」

「そうさ。刺客を差し向けた当人だ。そうだろう、ふさ。親の仇《かたき》みてえな眼で、おれを見ていたものな。おれを亡き者にしたいと本気で望んでたんだろうが」

「和歌子さまのご遺志です」

ふさが叫んだ。額の傷よりもなお、引き攣れた声だった。

「保孝さまが樫井家のご当主となられることが、和歌子さまの望みであり、そのためにはどのような手段も厭《いと》うなと仰せつかりました」

「なるほどな。狐ばばあらしいいっちゃらしいな。あいつも郎党を使っておれを襲ったことがある。主《あるじ》のやり方をそのまま真似たってわけか」

「狐ばばあ?」

それが誰なのか、ふさには思いつかなかったらしい。黒眸《くろめ》がうろつく。一瞬だが、途方に暮れた幼女の面が現れた。

「此度《こたび》のこと、兄上はご存じなのか」

ふさの後ろに続く暗い廊下に目をやる。この奥の一室に、保孝は臥《ふ》せっている。兄はこれまでの生涯の大半を寝具の上で過ごしてきた。それでも、この夏も乗り切った。冬も乗り切るだろう。その命のしぶとさに感嘆する。この屋敷で唯一、人らしく生き、闘っている者かもしれない。

「保孝さまは、何もご存じありませぬ」

嘘ではないはずだ。あの兄に後嗣の座に執着する余力があるとは思えない。

「全て、そなたの一存であるのだな」

「さようです」

ふさは唇を嚙み、顎を上げた。その仕草が、罪を一身に引き受ける覚悟を告げていた。

厄介で強靱な女だ。

「ふさ」

「……はい」

「命を懸けて、兄上を守るつもりか」

「はい」

「なぜだ。義母上の遺言だからか」

ふさが息を吸った。唇が震える。

「保孝さまは、ご立派な方です。全てを受け入れる広いお心をお持ちです。透馬さまのように他人を悪《あ》し様《ざま》に言うことも粗暴に振る舞うこともございません」

「はあ？　ちょっとまて、誰が粗暴だと？」

「粗暴ではありませぬか。いきり立って、口汚く罵《ののし》って……、保孝さまは、そのようなお振る舞いは決してなさいませぬ。いつも静かで、お優しくあられます」

ふさの双眸に涙が盛り上がった。

え？　ここで泣くのかよ。

「わたしは……保孝さまのお側に侍《はべ》り……一生、お尽くし申し上げます……。そのように心を定めております……」

「何だ、ふさは兄上に惚れているのか」

「まっ、そのような下種《げす》な言い方をなさって、わたしは、ただ」

「ああ、わかった、わかった。好きにすればいい。ただな、兄上の安寧《あんねい》を望むなら、余計なご心労をかけぬがよかろう。兄上が樫井家当主の座を望んでいるとは、とうてい思えん。むしろ、何事にも煩《わずら》わされず心静かに日々を送って頂けるよう心を砕くのが、そなたの役割ではないのか」

ふさは袖口で涙を拭った。

「……保孝さまが蔑《ないがし》ろにされることが許せなかったのです。透馬さまがご当主となられれば、保孝さまは如何あいなります」

「おれは、兄上を粗略《そりゃく》に扱おうとは僅かも考えておらぬ。おれだとて、狐……義母上の最期の願いをこの耳で聞いたのだ。兄上を頼むとな。それに背く気持ちは毛頭ない」

「真《まこと》でしょうか。そのお言葉、信じてよろしゅうございますか」

「信じる信じないは、そなたの勝手だ。ただ、これ以上、無為な企みは止めてもらう。今度、同じような真似をすれば容赦はしない」

告げるべきことを告げて、踵《きびす》を返す。

「透馬さま」

ふさの声が追ってきた。

「わたしは死にませぬ。生きて、この命のある限り保孝さまにお仕え申し上げます。和歌子さまにかわり、わたしがお守りいたします」

真剣な、けれど、独り善がりの台詞だと思う。

嘘でなく、保孝を粗略に扱うつもりはなかった。和歌子が生きていたときと同様にこの屋敷の内で苦労なく生きてもらう。病魔と闘い続ける兄を他のことで煩わせたりはしない。そして、透馬を含め誰も、保孝に危害を加える者はいないはずだ。ふさの想いも決意も、空回りしている。無用な力みにからからと回るだけで、何人《なんぴと》も救わない。そして、息子を溺愛してきた母親にかわり、一身をささげ侍ろうとしている女の決意は、保孝にとって幸せなのか苦痛なのか……。どうなのだろう。

そういう思案はしかし、すぐに消えた。

女より男だ。ふさより、よほど厄介で手強い相手と対峙しなければならない。

「新里」

「うむ」

「ここから先は、おまえにとってもちょいと辛いかもしれん」

「おれと関わりあることか？」

「おそらくな」

林弥は軽く眉を顰《ひそ》めたが、重ねて問うてはこなかった。

黙したまま歩く。林弥の足音が乱れなく付いてきた。

信右衛門の室から行灯の明かりが漏れていた。静まり返っているけれど、人の気配が肌を撫でる。近習《きんじゅう》が隣室に控えているのだろう。闇の中、息を潜めるようにして。

「父上、透馬です」

腰を下ろし、告げる。

「お尋ねしたき儀があり、まかり越しました」

黒檀《こくたん》の引手に手を掛ける。同時に低い返事があった。

「入れ」

「失礼、つかまつります」

襖戸を開けると、臙脂《えんじ》色の明かりが廊下に流れ出てくる。膝の先が仄かに照らし出された。戸は閉めず、そのまま、足を踏み入れる。

信右衛門は見台《けんだい》の前に座っていた。

「何用だ。こんな夜更けに」

「もしやお休みかとも思いましたが、まだ、起きておいででしたか」

「年を取ると、眼が冴えて眠れぬ夜が多くなる。書でも読まねば、ときが潰せぬのだ」

信右衛門の視線が廊下に注がれる。そこに、林弥が畏《かしこ》まっていた。

「さようですか。わたしを待っておられたわけではないのですね」

「おまえを？　なぜ、わしがおまえを待たねばならん」

「父上には、わたしが来るとわかっておいでだったからです」

信右衛門が顎を引く。

小舞《おまい》の地で初めて父親に見《まみ》えたとき、思いの外老《ほかふ》けた面相《めんそう》の男だと感じた。今は、その老け具合は外面だけに過ぎず、内面は老いても萎《しお》れてもいないと解している。

むろんこちらも、ただの若造ですますつもりはない。古狸だろうが、大狒々《おおひひ》だろうが料理するまでだ。

「父上、新里を試されましたな」

父の正面に座り、切り出す。見台の向こうにいる男は身じろぎもしなかった。

「ふさがわたしに刺客を差し向けたこと、むろん、父上はご存じだった。それを止めるどころか、殺す相手はわたしではなく新里林弥だと命じられたのではありませぬか。いや、確かに命じられたはず。刺客どもの殺気はことごとく新里に向けられておりました。

父上は試されたのです。新里がどの程度、役に立つのか。暗殺者として使えるかどうか……。ふさをそのかしたとまでは申しませんが、新里を知る好機だとはお考えになった。さらに申せば、父上は前々から新里を狙っていた。手の者を使って調べておられた。

でしょう。舟入町で剣呑な眼つきの男が新里の跡をつけておりました。なるほど、ここまで手間をかける程の値打ちがあるのかと、新里を見直した次第です」

ちらり。小舞藩筆頭家老の面を窺う。

何も読み取れなかった。

「それがどうした」

何の表情もない顔の中で、唇だけが動いた。

「新里は、樫井家が召し抱える。とすれば、どう使えるかを試すのもどう使うかを考えるのも主として当然ではないのか」

「それは父上でなく、わたしが決めることです」

言い切る。

「新里を父上の手駒にはいたしませぬ。飽くまで、わたしの近習であることをお忘れなきように。今後、一切の手出しは無用にございますぞ。今夜はそのことを申し上げたく、無礼を承知で参りました。ご寛恕《かんじょ》ください」

立ち上がる。

廊下に座る林弥と眼が合った。

「透馬」

信右衛門が呼ぶ。

「そなた、この父に抗《あらが》うつもりか」

「父上次第です」

振り返り、薄く笑って見せる。

「父上が我らを都合よく、思いのままに動かそうとなさるなら、抗わざるを得なくなりましょう。父上がどれほどの方であろうと、唯々諾々《いいだくだく》と従う気は我らにはございません」

「子としても、臣としても道を外しておる。恥ずべきとは考えぬのか、透馬」

信右衛門の口調は淡々として、咎《とが》める響きはなかった。むしろ、どこかでこの成り行きをおもしろがっているようにも感じられた。

手のひらで転がしているつもりか。

突き上げてくる怒りを抑え込む。ここで、憤っても、動揺しても負けだ。まともにぶつかって勝てると信じるほど甘くはないが、尻尾を巻いて退散する気はさらさらない。抗い続け、穿《うが》ち続ければ、大岩とていつか砕ける。

それを忘れまい。

「我らの行くべき道は、我らが探しまする。ご安心ください。父上に恥じない、己に恥じない道を必ず見つけ出しますゆえ」

信右衛門は黙したままだ。皺に縁どられた両眼が、底深く光っていた。

ぞくり。背筋が震える。

父の眼差しが怖い。獲って食われるように感じた。目の前にいるのは父親でも筆頭家老でもない。人ならざる怪《かい》ではないのか。

背筋の震えは止まらず、頬のあたりが強張り冷えていく。

自分たちが抗いを告げたのは、尋常ではない相手なのだ。思い知る。透馬は両脚に力を込めた。

「樫井」

微かな声。林弥と再び視線が絡んだ。

息を吐けた。頬に温もりが戻る。

「ご無礼つかまつりました。お休みなさいませ」

廊下に出て一礼すると、襖を閉めた。

「ったく」

自分で自分に舌打ちしていた。そして、自分を叱咤《しった》する。

ここでびびっていてどうすんだ。しっかりしやがれ。

歩きながら気息を整える。

「新里」

「何だ」

「ここからは戦《いくさ》だぞ」

「戦、か」

「そうだ。おれもおまえも山坂も、戦だ。先生のような、上村のような死に方をせぬための、生田清十郎のような生き方をせぬための戦だ。いいな、何があっても踏ん張れ。暗殺者などに堕ちるな」

「お互いだな、樫井。堕ちぬためには戦うしかない」

足を止める。

「先生は」

ふっと呟いていた。

「新里先生は、この日のことを見越しておられたのだろうか」

諦めるでないぞ。

遠い昔に聞いた師の一言があざやかに響く。翳《かげ》った眸《ひとみ》を思い出す。弟に心を馳せたほんの刹那、師の眸は翳りを帯びたのだ。結之丞は、弟の剣の力と異能を感じ取っていたのだろうか。

先生、大丈夫です。おれも新里も負けはしません。自分にも他人にも定めにも敗れはしませんから。

世を去った師に告げる。

林弥は一言も返してこなかった。

冷え切った夜気が足元から這い上がってくる。吐息が微かに白く染まった。

「新里、飲むか」

「これから、酒宴か」

「そうだ、前祝いをしようぜ」

「何の祝いだ」

「わからん。何でもかまわん。新里の家ほど美味くはないが、酒ぐらいはこの屋敷にもある。付き合え」

「あいわかった」

闇の中で林弥が笑ったようだ。透馬も闇に目をこらし、笑みを浮かべた。

朝霧はまだ、晴れない。むしろ、早朝より濃くなった気さえする。夏と冬、まるで異質の季節であるのに、二季とも度々小舞を霧に包んでしまう。夏はそのとば口で、冬は長《た》けていく途中で。

廊下に足音を聞いたと思った。すぐに、障子が開く。

七緒は指をつき、深く頭を下げた。

「おお、まことに七緒どのだ。よう、お出でになった」

「小和田さま、このような刻からお目通りを願いまして、申し訳ございません」

「なんのなんの。年寄りになるとやたら早く目が覚めてのう。五つ半など、すでに真昼間よ。おとなうのに、遠慮はいりもうさん」

あはははと小和田正近は豪快に笑った。張りのある笑声だ。

「小和田さま」

七緒は正近を見詰めていた。口とはうらはらに、眼は少しも笑っていない。用心深い眼つきだ。霧の漂う朝、約定《やくじょう》もなしに訪ねてきた女。その真意を読み取ろうとしている。

「どうしてもお尋ねしたいことがございます」

「わしに？　七緒どのが？　ふむ。何事でござろうか」

「結之丞どのの死に、我が兄は関わっておるのでしょうか」

女中と思しき女が茶を運んできた。

上質の茶の香りが漂う。

「何のことかな？　七緒どのの言われておる意味がちと解《げ》せぬが」

正近が首を捻る。口を軽く開け、呆けたような表情を作った。

「昨夜、思い出したのです。兄が血の臭いをさせて帰ってきたことを……唐突に思い出しました」

昨夜の一件を、林弥も透馬も大目付に訴え出る気はないらしい。七緒には何もわからないが、二人、いや山坂和次郎も含めて三人は事の真相をある程度摑んでいるのだろう。

男たちはいつもそうだ。

秘密の面紗《めんしゃ》の向こう側で朧《おぼろ》な影になる。真実も正体もその下に包み隠してしまうのだ。あばいてならぬ秘密なら、知らぬ振りもしよう。しかし、どうしても知らねばならぬ秘め事もあるのではないか。

唐突に思い出した。

七緒がまだ、娘のころだ。

蒸し暑い夜だった。喉の渇きに我慢できず、水を飲みに台所に足を向けた。何刻だったか覚えていないが、真夜中近くではあったろう。台所には明かりがついていた。

こんな夜遅くに？

怯《おび》えながら中を覗く。清十郎が水瓶から水を飲んでいた。

兄上さま？

首を傾げたのは、兄が夕方早い刻に帰宅し着替えもすませ、くつろいでいたのを知っていたからだ。むさぼるように柄杓《ひしゃく》の水を飲み干している兄は大小を腰に差し、股立《ももだ》ちを取っていた。手甲《てっこう》まではめている。

柄杓を下ろし、清十郎が小さな呻き声を上げた。獣《けだもの》のような声だった。怖い。身が竦んだ。その拍子に足の指が障子に当たり、音をたてる。さらに身が竦む。

「誰だ」

清十郎がくわっと目を見開いた。やはり獣だ。いきりたった狼にも似ている。

「……七緒ではないか」

清十郎が笑んだ。七緒の見慣れた穏やかで気弱な笑みだった。

「どうしたのだ。こんな夜更けに」

「喉が……渇いて」

「そうか、水を飲んだら早く寝ろ」

「はい」

「兄は急な厄介事があってな、出かけておったのだ」

「厄介事……」

「もう済んだ。全て事も無しだ」

水の入った湯吞を手渡し、兄は七緒の肩を軽く叩いた。

異臭がした。血と汗が混ざり熱を持つ。そんな臭いだ。

翌朝、兄はいつもの兄だった。何一つ、変わることはなかった。あれは夢だったのかと思えた。寝惚けて、夢を見たのだと。だから、忘れた。七緒は娘盛りを迎える手前で、やることも覚えることも山ほどあったのだ。日々の暮らしに一夜の出来事は紛れてしまう。

思い出したのは同じ臭いを嗅いだからだ。

昨夜、林弥から同じ臭いを嗅いだ。

血と汗が混ざり熱を持つ。

生々しく、恐ろしい。

あれは人を斬った臭いか。人を斬った者の臭いか。

だとしたら……。

襖越しに途切れ途切れに聞こえてきた、林弥と透馬のやりとり。

あの男のような暗殺者を……。

兄上のように無残に……。

あやつほどの手練れは……。

政の裏側で暗躍……。

血の臭いとともに根付が揺れた。透馬の根付、清十郎の遺体近くに落ちていた木彫りの熊。そして、結之丞の位牌に向けられた清十郎のあの眼差しと呟き。

「定めだ、諦めろ」

諦めろ、諦めろ、諦めてくれ、結之丞。

七緒の中で絡まっていた紐が解《ほど》けていく。解けながら結びつき、何かを形作っていく。

それは、あまりに奇怪な姿をしていた。

違う、違う、そんなわけがない。

「小和田さま」

叫んでいた。この老いた男に縋《すが》りたい。他に、問える相手はいなかった。七緒は正近ににじり寄る。

「小和田さま、お教えください。兄は……兄は何をしていたのです。結之丞どのの死と、どう関わり合っていたのです。小和田さまなら、ご存じでしょう。お願いいたします。お教えくださいい」

「何もない」

正近は大きくかぶりを振った。

「新里の死に生田は何の関わりもない。二人とも非業《ひごう》の死ではあったが、それぞれに争いに巻き込まれて果てたのだ。関わりなど何一つない」

「……小和田さま」

正近が七緒の手を取った。

「どうしてそのような埒もないことを考えられた。七緒どのらしくござらんなあ」

白い眉を下げ、にんまりと笑う。好々爺《こうこうや》そのものの笑顔だった。

「埒もない、埒もない。七緒どのは新里家にとってなくてはならぬ方ではないか。埒もないことに心を奪われて、惑《まど》うていてはなりませんぞ。どうか、しっかり都勢どのをお支え申し上げてくだされ。この爺からの頼みでござる」

「小和田さま」

「新里の件も生田の件も、全て過ぎたこと。今更蒸し返しても、掘り起こしてもしょうがありますまい。それで、誰かが救われますかな。喜びますかな。七緒どの、この世には知らずともよいことが多々ござる。知れば重石にも手《て》枷《かせ》足《あし》枷《かせ》にもなりましょうぞ。わしは、知らずともよいことには耳も目も口も塞いで生きてまいった。七緒どのも、そうされるがよい」

七緒はゆっくりと手を引いた。

そうか、やはり、真実の戸は開かないのか。男たちは何もかも隠し通して生きていくのか。これまでもこれからも、面紗の裏で生きていく。

「わたしは……」

指を握りしめる。

「生きていてもかまわぬのでしょうか。生き続けて、かまわぬのでしょうか」

「生きられよ」

正近は言った、低く重い声だった。

「天の定めた命を人は生き切らねばならん。七緒どの、どうあっても天寿を全うするのじゃ。新里は、そして、おそらく生田もそれを望んでいたはず」

七緒。

結之丞が呼んだ。結之丞に呼ばれた。

生きてくれ、七緒。

温かい手が頬を撫でる。

結之丞どの。

七緒は唇を噛み、嗚咽をこらえた。嗚咽は熱い塊になり、胸の底に滑り落ちていった。

霧が晴れていく。

足を引きずるようにして、歩く。

霧の晴れ間から、群青《ぐんじょう》の空が見えた。白い鳥が群れになり、渡っていく。鷺《さぎ》だ。

美しいものがこの世にはある。だとしたら、もう少し生きていけるだろうか。

「七緒さま、奥さま」

現《うつつ》の声に思案が途切れた。

みねが手を振りながら駆け寄ってくる。いつの間にか、新里家の近くまで戻っていた。

「どうしました」

ただならぬ気配に、途切れた思案が消え去って行く。

「みね。何かありましたか」

「大奥さまが、都勢さまが……お、お倒れに……」

「義母上が！」

みねを押しのけ、駆け出していた。

何ということ、何ということ。

「義母上さま」

七緒が部屋に飛び込んだとき、すでに医者の診立ては終わっていた。四十絡みの痩せた医者は七緒を見るなり口元を僅かに歪め、目を伏せた。七緒の視線を厭《いと》うているような仕草だ。

「心の臓が弱っておられます」

廊下に七緒を呼び出し、囁く。

「正直に申し上げまして、いつどうなってもおかしくないお身体です。今までよく持ってきたかと……」

「義母の命が危ういと仰せですか」

「この冬は越せますまい。正月まではとても……」

いつにもまして、医者の歯切れが悪い。その物言いが深刻さを生々しく伝えてくる。

七緒は目を閉じた。軽い目眩《めまい》を覚えたのだ。

「奥さま、申し訳ありません」

医者を見送った中口で、みねが泣き崩れた。

「なぜ、みねが謝るのです」

「お、大奥さまは七緒さまをお探しでした。わたし、何も考えずに裏の畑にでも大根菜を採りにいかれたのではと申し上げてしまいました。大奥さまは、は、畑でお倒れになって……。あそこ、風が通ってとても寒くて……。だから、大奥さまが」

「みねのせいではありません」

みねの背を撫でる。

「誰にも行先を告げずに家を出た、わたしの落ち度です」

都勢は、七緒の様子にただならぬものを感じたのだろう。林弥も昨夜から留守だ。樫井の屋敷に泊まると連絡はあったが、林弥が一夜とはいえ家を空けるのは初めてのことだった。昨夜の襲撃の件もある。都勢は、七緒や林弥の身を案じたのだ。不穏を感じ、懸念を覚えた。だから、何も告げず出かけた七緒を探したのだ。そして、倒れた。

「樫井家にも使いを出してくれたのでしょう」

「はい、山坂さまが走ってくださいました。間もなく、林弥さまもお帰りかと存じます」

「みね、ありがとう。よくやってくれました。わたしは、おまえに助けられてばかりですねえ」

「奥さま、そんな……」

みねが袂《たもと》で顔を覆った。

「みね、泣かないで。義母上さまに重湯《おもゆ》を差し上げましょう。おまえ、用意をしてくれますか。わたしは義母上さまのお傍にいたいの」

「はい。もちろんでございます」

鼻水をすすりながら、みねは台所に向かった。七緒は、都勢の傍らにそっと腰を下ろした。それを待っていたかのように、都勢が目を開く。

「……七緒」

「義母上さま、お気が付かれましたか」

「結之丞と……逢いました」

「え？」

「夢でね。あの子ったら、『まだ、こちらにくるときではありません。母上はいつもせっかち過ぎるのです』などと……説教するのですよ。生意気だと思わなくて」

「まあ。でもそれは、結之丞どのが正しゅうございます。本当に、早過ぎます。そんなに急《せ》かないでくださいまし」

「おやおや、あなたまでそんなことを……」

都勢が長い息を吐き出す。

「七緒」

「はい」

「まだ……結之丞のことが忘れられませんか」

七緒も一息を吐き出す。それから、義母に答えた。

「はい」

「……もう、四年もの月日が経ったのですよ……」

「百年が経っても、忘れることなどできませぬ。わたしにとって、ただ一人のお方にございます。あの方と一緒に、わたしは生きて年を経てまいります」

「七緒」

「義母上さま、結之丞どのをこの世に生んでくださって、ありがとうございました。義母上さまのおかげで、わたしは幸せになれました。今も、幸せです」

都勢が柔らかく微笑んだ。

「……疲れました。少し、眠ります」

「はい」

「でも林弥が帰ったら……ここへ」

「はい」

七緒は立ち上がり足音を忍ばせて、部屋を出た。

林弥が戻ってきたのは、四半刻ばかり後だった。若い足音が廊下を駈けるのを七緒は仏間で聞いていた。

夫の位牌の前に燈明《とうみょう》を灯し、線香を点ける。僅かに青みを帯びた煙が立ち上り、何処《いずこ》かへ消えていく。

長い夢を見ているようだ。

わたしは、未だ夢から覚めずにいるのではないか。

手を合わせ、眼を閉じる。線香の香りを吸い込む。

いや、違う。わたしは目覚めている。夢ではなく現《うつつ》を生きている。

線香の、花の香りを嗅ぐことができる。指先に棘《とげ》が刺されば痛い。日の光の温もりを感じる。空を行く鳥を美しいと思う。

結之丞どの、わたしは何も知らぬまま生きねばなりませぬか。わたしはこの現を……生きねばなりませぬな。

そうだ、生きねばならない。

結之丞も清十郎も死んだ。だからこそ、生きねばならない。見返してやりたいような心地になる。真実を隠したまま死に急ぐ男たちを生き抜くことで嗤《わら》ってやりたいようにも、愛おしみたいようにも感じる。

かたり。後ろで戸が開いた。

風と人の気配が背中にぶつかってくる。

「義姉上」

林弥が囁いた。

「義母上さまに、お逢いになりましたか」

振り向かないまま、尋ねる。

「はい。話ができました」

「そうですか」

身体を回し、義弟に向き合う。

義弟はもう少年ではなかった。七緒以上に多くのことを知り、多くのものを乗り越えて、ここに座っている。

「林弥どの、義母上さまは次の正月は迎えられないそうです」

「はい」

「でも、まだ、わたしたちに時は残されております。それを忘れないようにいたしましょう」

義母は夫のように兄のように、唐突に逝くのではない。別れのための日々をちゃんと用意してくれている。

立ち上がる。林弥も腰を上げた。

「母上から言われました」

七緒を見詰めながら告げる。

「もうこれ以上、義姉上を縛るなと」

七緒も林弥を見つめ返す。

「義姉上に思う通りの生き方を選ばせてやりなさいと、それが母の遺言だと強く言われたのです」

「義母上さまが……」

「義姉上」

線香の香りが消えた。かわりに、微かな酒と日向の匂いに包まれる。若い男の腕が強く七緒を抱いた。

「縛ってはなりませぬか」

絞り出すような声が耳朶《じだ》に触れる。

「あなたをわたしに縛り付けては、いけませぬか」

林弥の息も腕も言葉も熱い。

熱に燃え上がるのではなく、融《と》けそうになる。静かに融けていく。

「林弥どの」

七緒は男の胸に頰を押し当てた。

「それは、違います。違うのです」

鼓動が伝わってくる。

何と強い、清々とした音だろう。生きてここにいると誇っている。

さあ、聞け。おれが生きている、その証を聞け。

「わたしが縛っているのです。わたしが林弥どのを縛っている」

「義姉上、何を」

「わたしはもう前には進めませぬ」

顔を上げ、義弟の頰を両の手のひらで包む。

「結之丞どのと生きた日々に留まります。もう、先には参りません」

そう決めた。

結之丞と生涯を共にする。

「林弥どの、あなたをわたしから解き放してさしあげます。あなたは前にお進みください。来《こ》し方《かた》ではなく行く末だけを見詰めていくのです。わたしは、もう一緒には歩けません」

「馬鹿な。そんな馬鹿な、嫌です。わたしはあなたが欲しい。共に生きて欲しいのです」

唇が塞がれた。

やはり、熱い。舌の先まで熱い。芳《かぐわ》しく熱い。

七緒は両手を林弥の背に回した。

この若者は既に女を知っているだろうか。

抱いてもいい。抱かれてもいい。若さの真ったただ中にいる男に、女の身体がどういうものか刻みつけてみたい。

思いもよらない欲望が断末魔の蛇のようにぬたくった。

ああ、駄目だ。

林弥の胸を押す。唇が離れた。冷えた風が熱を奪っていく。融けていくとまで感じた熱さが消えていく。

わたしはあなたの縛《いまし》めを解く。

あなたが天翔《あまか》けられるように、高く飛翔していけるように。

「奥さま、奥さま、お薬をいかがいたしましょう」

みねが呼んでいる。行かねばならない。

「義姉上、お待ちください」

「好きにさせて」

叫んでいた。叫び、振り払わなければ負ける。蛇に似た欲望に搦《から》め取られ、林弥を手放せなくなる。それは、若い羽を毟《むし》り取ることだ。そんな真似、刃に刺し貫かれても、地に叩きつけられてもできはしない。

留まる者と天に向かい飛び立つ者と。

道が交わることはない。そうだ、交わることはないのだ。

「わたしの思うようにさせてくださいませ」

林弥の頬が強張った。顎が震える。

「林弥どの、あなたでは駄目なのです」

そして、わたしでは駄目なのです。わたしではない誰かでなければ、あなたと生きることはできないのです。

林弥の傍らを過ぎ、廊下に出る。

林弥は動かなかった。立ったまま、微動だにしない。

終わった。これで終わった。

役目を果たした。そして、大きなものを失った。

それでも……。

七緒は眼差しを上に向ける。

それでも、わたしが選んだ。わたしが決めた。わたしは負けはしなかった。

「奥さま、奥さま」

「ここにおります。今、行きますから」

みねの声は暮らしの声だ。日々の食事作りとか、買い物とか、洗濯とか、畑仕事につながっている。近所のうわさ話にも物売りの品の値切り方にもつながっている。逞《たくま》しくて、優しくて、図太い。

七緒は足取りを速め、台所へと向かった。

都勢が息を引き取ったのは二十日あまり後だった。

霜が下りて、庭一面が白く輝いた朝のことだ。その輝きに見入り、きれいだと呟いた。

それから、眼を閉じた。

七緒と林弥が傍らにいた。

都勢が二度と瞼を開けないと、二人ともわかっていた。

ほんとうに、きれいだこと。

光を弾き煌《きら》めく霜の風景が心に焼き付く。

眩しい。

白く輝く草も木々も葉も、都勢を見送っている。

「義母上さまに相応《ふさわ》しい日ですね」

独り言のつもりだったけれど、林弥が「はい」と答えた。

結之丞は闇の中で息絶えた。その母は光を纏って逝けた。

よかったこと。

七緒は光を撥ね返す白い風景をいつまでも見詰めていた。


「七緒どのが髪を下ろされたそうだな」

透馬が遠慮のない口調で言う。

「ああ」

短く答える。

都勢の初七日を終え、七緒は寺に入った。みねは顔が腫れるほど泣いていたが、当の七緒は最後まで涙を流さず、どこか安堵の表情さえ浮かべていた。

止める術《すべ》がなかった。

やはり摑めなかった。義姉は美しい砂のように、指の間から零《こぼ》れ落ちていった。

しかし、見送ることだけはできた。

遠ざかる背中を黙って見送れた。七緒どのと呼ぶことも、行くなと叫ぶことも抑えきった。想い焦がれ続けた相手に別れを告げることができた。今は、そこまでがぎりぎりだ。ぎりぎりで踏み止まっている。

七緒の後ろ姿が曲り角に消えた。一度も振り返らなかった。

林弥は透馬の近習として、和次郎ともども樫井家への出仕《しゅつし》が正式に決まった。

その報告のために、三人で源吾の墓を訪れた。透馬はやたら線香に火を点け、他の罪人墓の前にも供えて回った。おかげで、墓場のあちこちで細い煙がくゆる。線香はおそでから渡されたものだ。上品な芳香が暗みを掃《はら》うようだった。

「罪人だから墓に線香も花も禁じる。こういう、馬鹿げた決め事も蹴飛ばしちまおうぜ」

「馬鹿げた決め事は、他にもある。おれは普請方のことしか知らぬが、それでもかなりの数だ」

和次郎が墓前に蜜柑《みかん》を供えた。源吾の好物だ。

「年が明けてすぐに藩主が帰国するそうだ。そうしたら、正式に後嗣として目通りすることになる」

透馬の唇が僅かに尖った。

「そうか。いよいよだな」

「いよいよだ。頼むぞ」

深く頷く。

これから先、自分に何ができるのか。まだ、見当もつかない。

やるだけだ。

馬鹿げた決まり事を蹴飛ばし、誰も無為に死ぬことのない小舞を作る。そのために、透馬や和次郎と足掻き続ければいい。足掻きは波紋となり広がっていく。必ず。

わたしはあなたを解き放つ。

七緒が伝えてくれた一言を噛み締める。

おれたちは飛べるのだ。それをとことん信じてやる。

お梶の生真面目に口を結んだ顔が浮かぶ。

昨日、逢いに行った。寝るためではなく、告げるためにだ。

「世も政も変わる。変えてみせる。全ての望みが絶たれたわけじゃない」

生真面目な一瞬の表情の後、お梶はけらけらと笑った。

「何言ってんのさ。女郎相手に政を論じるつもりかい」

「おれは、お梶に生きて欲しいのだ。この世にはまだ望みがあると信じて欲しい。それだけだ」

お梶が武家の出なのか、あの騒動の犠牲者の一人なのか、確《しか》とはわからない。ただ、伝えたかった。七緒が伝えてくれたように、伝えたい。

全ての望みが絶たれたわけじゃない。

「馬鹿馬鹿しいったらありゃしない」

お梶が嗤う。歪んだ口元のまま横を向く。遠くで犬がさかんに吠えている。怯えたような声だ。

「どのような望みを持てばよいのです」

歪んだ口元のまま、お梶が言った。

「新里さま、今のわたしにどのような望みが許されます」

白粉を厚く塗った顔が林弥に向けられた。何の表情もなかった。

「五年、待ってくれ」

「五年？　五年で何が変わります」

「政争に巻き込まれて罪のない者が苦しむことのない。そんな小舞に変わる」

変えてみせる。そこに望みを繋いで生きてはくれないか、お梶。

「殿御の実のない約定。そう思うておきましょう」

「お梶」

「新里さま、女郎が縋るには五年はあまりに長うございますよ」

お梶が立ち上がる。紅色の襦袢の前が割れて、太腿が剝き出しになった。

「寝る気がないなら、とっとと帰んな。商売の邪魔だよ」

襖がぴしゃりと閉まる。部屋を出る刹那、お梶は振り返り、林弥を見た。何かを強く乞うている眸《ひとみ》だった。

あの眸に応えねばならない、口にした約定を守り切らねばならない。

とことん信じてやる。信じられねば敗れる。誰にも応えられなくなる。

「山坂、普請方の馬鹿げた決め事やらを教えてくれ。きちんと書き出してくれれば、ありがたいが」

「承知。すぐにとりかかる」

「よし、じゃあ屋敷に戻るか。へっ、おまえたちのおかげで将来《さき》がおもしろくなりそうだ」

透馬が、軽やかな笑い声をあげる。それから天を指差し呟いた。

「みごとな空じゃねえか」

みごとな空だった。碧く晴れ上がっている。風が煙をさらい、北から南へと吹き過ぎていく。その果てに何があるのか。

林弥は碧空《へきくう》に顔を向け、風の果てを追い続けた。

解説

杉江松恋

流れる水は、いつか濁る。

奥山にて岩走る清流は凜として冷やかであるが、それが集って川となっていくうちには砂を噛み、汚れを招いて透明さを失い、やがて底の見えない大河となる。

人間の心もまた同じで、初めは結晶のように純粋であっても、中にいつの間にか滓《おり》が溜まり、曇っていくものである。それを成長と呼ぶのだという人もいる。

しかし、純粋なまま、清らかなままで大人になることは本当に不可能なのか。難しいだろう、とは思う。だが、挑戦しないままで諦めていいものか。

あさのあつこ『飛雲のごとく』は、今まさに大人への扉を開こうとする若者が、自らの存在を賭けて難事に挑もうとする物語である。舞台は江戸時代に設定されているが、描かれる心情、登場人物たちの置かれた立場は現代を生きる読者の心を間違いなく刺す。

児童文学から出発したあさのあつこは、二〇〇六年に発表した『弥勒《みろく》の月』（現・光文社文庫）から時代小説も並行して書き始めた。シリーズがいくつかあり、『飛雲のごとく』を含む、小舞藩《おまい》を舞台にした連作もその一つだ。新里林弥を主人公とする長篇が三作、すべて初出は『オール讀物』で『火群《ほむら》のごとく』(二〇〇九年十月号〜二〇一〇年四月号/現・文春文庫)、『飛雲のごとく』(二〇一八年二月号〜九月号)、『舞風のごとく』(二〇一九年十一月号〜二〇二〇年十二月号/文藝春秋)が発表されている。この他に小舞藩に生きる人々を描いた連作短篇集『もう一枝《いっし》あれかし』(現・文春文庫)がある。収録されているのは同誌二〇一一年三月号から二〇一二年八月号にかけて発表された五作だ。第一長篇とその後に続く短篇が書かれてからシリーズ再開まで五年以上空いていることに注目されたい。『飛雲のごとく』単行本を見ると、奥付表記は二〇一九年八月二十五日に第一刷発行となっている。

長篇第一作の『火群のごとく』は新里林弥という十四歳の少年の成長譚であった。林弥の身辺にはさまざまなことが起きるのだが、彼が自身の姿を見つめて本当の自分を発見するまでの過程が物語の中心線に置かれている。内奥との対話、喩えるならば心の純化が主題であったと言ってもいい。その第一作をベクトルが内に向かう作品だとすれば、第二作の『飛雲のごとく』は対照的で、外から入り込んでこようとするさまざまな不純物を心の中心から眺める物語なのである。入り込んでこようとするものは、間違いなく心を汚す。それを許すか、許さなければならないのか、ということが物語における最大の関心事だ。

前作『火群のごとく』に遡って説明しなくてはならない。舞台となるのは前述の通り、江戸時代に存在したことになっている架空の藩・禄高六万石の小舞だ。林弥の兄・結之丞が不可解な形で暗殺されたことが原因で新里家は減俸などの不幸に見舞われた、という前日譚がまず語られる。まだ十四歳の林弥は道場に通って剣の腕を磨く以外にできることはない。その日常と、小舞藩政を巡る策謀という非日常の出来事とに、不幸な形の接点ができてしまうのである。悲劇が起き、林弥の身にもある危機が迫った。

それを乗り越えて約二年、間もなく十七歳になる林弥が武士の成人儀式である元服を行う場面から『飛雲のごとく』は始まる。前作との違いは、ただ剣術修行に打ち込んでいればよかった少年期を脱し、間もなく社会に出てその一翼を担わなければならない年齢に林弥が達したことである。すでに親友の山坂和次郎は土木工事を監督する普請方の見習として働き始めており、道場にもあまり顔を見せなくなっている。三羽烏の一翼を担っていた上村源吾はすでにこの世になく、もう一人の親友である樫井透馬は江戸に帰って音沙汰がなくなっていた。その透馬が小舞藩に戻ってくることによって再び事態が動きだすのである。

作者は二年という時の経過を丁寧に描き、少しだけ背が伸びた林弥にはどのように世界が見えるかを読者に伝えていく。元服を済ませた林弥は、もはや少年ではいられない。それまで棚上げにしていた物事と向き合わなければいけないということを意味する。大人ならば見なければならないことがある。そして言えなくなることもある。失い、崩れ、去っていくものばかりだ。

兄も源吾も、屈託なく笑い合った日々も、みな春に降る雪に似て淡々と消えてしまう。青春の端境期には誰もが味わったことがあるであろう寂しい思いを『飛雲のごとく』は描いていく。個人の感傷であると同時に、それは時代の空気を表す言葉でもある。『火群のごとく』と『飛雲のごとく』の間には二〇一一年三月十一日に起きた東日本大震災という大きな出来事が横たわっている。「屈託なく笑い合った日々」とは、大震災とそれに続いて起きた諸事によって遠くなってしまった心の平穏ではなかったか。

短篇集『もう一枝あれかし』の収録作は、最初の「甚三郎始末記」が大震災の直前、他の四作は発生後に発表されている。ままならぬ運命を生きる登場人物たちを描きながら作者は、時代の趨勢《すうせい》を見極めていたのではないか。『火群のごとく』を書き終えた時点であったかもしれない続篇は、二〇一一年の状況によって書き換えを余儀なくされたはずである。続篇が書かれるまでに時間を要したのは、それが原因ではないかと私は考える。震災の後、世界からは精気が失われ、もはや清明さは望むべくもないという風潮が人々を支配するようになった。心が疲弊した時代に必要な物語として『飛雲のごとく』は書かれたのである。

『飛雲のごとく』の中核をなすのは、林弥と亡き兄・結之丞の妻であった七緒との関係である。十四歳離れたこの女性を、林弥は密かに恋している。いや、その思慕の念は間違いなく七緒にも伝わっている。伝わっているがゆえに口には出せない。

『火群のごとく』の結末において林弥は、七緒には絶対明かせない秘密を知ってしまう。

そのことが七緒に対する思いに屈折を生じさせる原因になるのだが、『飛雲のごとく』においてはさらに、一歩進めばすべてが崩壊するという事態を招き寄せることにもなる。このへんの物語運びが絶妙で、鍵を握る人物が意外なところから現れるのも実に巧い。物語の中盤は崩壊の予感しかなくて手に汗を握らせられるのである。だが、ご安心いただきたい。あさのは世界を崩れるままには捨て置かなかった。清らかさ、まっとうさを失わずに前に進み続けるためにはどうすればいいかを、この作者はきちんと描くのである。題名の「飛雲」が表すように、純白を保ちながら蒼穹《そうきゅう》を行くものたちの姿が結末には浮かび上がって見える。

前作『火群のごとく』には物語構造を支える二本の柱が備わっていた。一本は少年剣士を主人公とした成長小説としてのそれで、林弥が真の自分を発見していく過程が独自の太刀筋に開眼する物語とも重なり、剣豪小説の要素も持ち合わせていた点に独自性があった。盟友・樫井透馬とも、最初は剣のライバルとして出会うのである。ミステリーがもう一本の柱だ。天才剣士と謳われた新里結之丞は、なぜ無為に背後から斬り殺されたのか。林弥の周囲を知らないうちに不穏なものにしている陰謀の正体とは何か。そうした謎が物語の牽引役となる。題名にある「火群」は、第一義には小舞藩で盛んな鵜飼に用いられる篝火《かがりび》を指すものなのだが、林弥の前途に広がる闇の中に浮かび上がる、得体の知れない怪火と捉えることもできる。その不穏を林弥の剣が薙《な》ぎ払うのだ。

青春小説であり、少年を主人公に配した剣豪小説でもあるという見事な完成度を『火群のごとく』は持っていた。その続篇である『飛雲のごとく』で作者は、剣の要素を潔く捨てた。戦闘場面はもちろんあるのだが、主ではなく、林弥と透馬、和次郎の精神的な紐帯を描くことに力点は置かれている。力ではなく、信こそが世界を和すのだと言わんばかりに。哀しい出来事も起こる物語なのだが、最後には自然と笑みが浮かんでくるというのが素晴らしい。林弥と七緒の関係についても、偽りのない形で二人の心を描くことに意が尽くされている。それゆえの結末に描かれる青空であり白い雲なのだ。清らかさに背中を押される小説というべきか。本作単独でも間違いなく心に滲みる作品ではあるが、『火群のごとく』に遡って読まれればさらに味わいは増すはずである。

第三作『舞風のごとく』は『飛雲のごとく』からさらに数年後、林弥は二十代になって名を正近と改めている。ページをめくり、彼と再会した瞬間に懐かしさがこみあげるはずだ。涼やかな笑顔が眼前に浮かび、谷間を行く清流の涼やかさが心に蘇ってくる。

（書評家）

初出　「オール讀物」二〇一八年二月号～九月号
単行本　二〇一九年八月　文藝春秋刊
DTP制作　言語社

文春文庫

飛《ひ》雲《うん》のごとく

定価はカバーに
表示してあります

2022年6月10日　第1刷

著　者　あさのあつこ
発行者　花田朋子
発行所　株式会社 文藝春秋

東京都千代田区紀尾井町 3-23　〒102-8008
TEL 03・3265・1211㈹
文藝春秋ホームページ　http://www.bunshun.co.jp

落丁、乱丁本は、お手数ですが小社製作部宛お送り下さい。送料小社負担でお取替致します。

印刷製本・凸版印刷　Printed in Japan
ISBN978-4-16-791891-0

（　）内は解説者。品切の節はご容赦下さい。

あさのあつこ
ガールズ・ブルー
十七歳の誕生日を目前に失恋した理穂。病弱だけど気の強い美咲。天才野球選手の弟、如月。落ちこぼれ高校生たちの夏が始まった。切ないほどに透明な青春群像小説。（金原瑞人）
あ-43-1

あさのあつこ
燦《さん》 1 風の刃《やいば》
疾風のように現れ、藩主を襲った異能の刺客・燦。彼と剣を交えた家老の嫡男・伊月。別世界で生きていた二人には隠された宿命があった。少年の葛藤と成長を描く文庫オリジナルシリーズ。
あ-43-5

あさのあつこ
燦 2 光の刃
江戸での生活がはじまった。伊月は藩の世継ぎ・圭寿と大名屋敷住まい。長屋暮らしの燦と、伊月が出会った矢先に不吉な知らせが。少年が江戸を奔走する文庫オリジナルシリーズ第二弾！
あ-43-6

あさのあつこ
燦 3 土の刃
「圭寿、死ね」。江戸の大名屋敷に暮らす田鶴藩の後嗣に、闇から男が襲いかかった。静寂を切り裂き、忍び寄る魔の手の正体は。そのとき伊月は、燦は。文庫オリジナルシリーズ第三弾。
あ-43-8

あさのあつこ
燦 4 炎の刃
「闇神波は我らを根絶やしにする気だ」。江戸で男が次々と斬りつけられる中、燦は争う者の手触りを感じる。一方、伊月は圭寿の亡き兄の側室から面会を求められる。シリーズ第四弾。
あ-43-11

あさのあつこ
燦 5 氷の刃
表に立たざるをえなくなった田鶴藩の後嗣・圭寿、彼に寄り添う伊月、そして闇神波の生き残りと出会った燦。圭寿の亡き兄が寵愛した妖婦・静門院により、少年たちの関係にも変化が。
あ-43-14

あさのあつこ
燦 6 花の刃
「手伝ってくれ、燦。頼む」藩政を立て直す覚悟を決めた圭寿は燦に協力を仰ぐ。静門院とお吉のふたりの女子は、驚くべき方法で伊月と圭寿に近づくが――。急展開の第六弾。
あ-43-15

（　）内は解説者。品切の節はご容赦下さい。

稲葉 稔
すわ切腹
幕府役人事情 浜野徳右衛門
剣の腕を買われ、火付盗賊改に加わった徳右衛門。大店に押し入った賊の仲間割れで殺された男により、窮地に立つことに。何よりも家族が大事なマイホーム侍シリーズ、最終巻。
い-91-6

稲葉 稔
武士の流儀（一）
元は風烈廻りの与力の清兵衛は、倅に家督を譲っての若隠居生活。平穏が一番の毎日だが、若い侍が斬りつけられる現場に居合わせたことで、遺された友の手助けをすることになり……。
い-91-12

稲葉 稔
武士の流儀（二）
清兵衛がある日見かけたのは、若い頃に悪所で行き合った因縁の男・吾市だった。吾市の悪評に胸騒ぎを覚える清兵衛。やがて、織物屋のご隠居が怪我を負わされたと耳にして……。
い-91-13

稲葉 稔
武士の流儀（三）
家督を譲った息子の真之介から、頬に古傷をもつ男が町奉行所に清兵衛を訪ねてきたと聞く。与力時代に世話をした咎人だと考えた清兵衛は、男が住むという長屋を探しに出かけるが……。
い-91-14

稲葉 稔
武士の流儀（四）
清兵衛は洗い張り職人に着物を預けに出かけるが、何やら様子がおかしい。なんと、大身旗本の奥方の高価な着物が夜のうちに消えてしまったという。見かねた清兵衛は行方を探るが……。
い-91-15

犬飼六岐
鷹ノ目
メリケンでいう賞金稼ぎ、本邦でいう勧賞金目当ての流れ者。世は信長が、将軍とともに上洛を果たした頃、渡辺綱の子孫条四郎は高札に掲げられた罪人を追って諸国を旅し事件を捌く。
い-93-2

伊東 潤
王になろうとした男
信長の大いなる夢にインスパイアされた家臣たち。毛利新助、原田直政、荒木村重、津田信澄、黒人の彌介。いつ寝首をかくか、かかれるかの時代の峻烈な生と死を描く短編集。（高橋英樹）
い-100-1

（　）内は解説者。品切の節はご容赦下さい。

伊東　潤
天下人の茶
政治とともに世に出、政治によって抹殺された千利休。その高弟たちによって語られる秀吉との相克。弟子たちの生涯から利休の求めた理想の茶の湯とその死の真相に迫る。（橋本麻里）
い-100-2

伊東　潤
悪左府の女
冷徹な頭脳ゆえ「悪左府」と呼ばれた藤原頼長が、琵琶の名手に密命を下し、天皇に仕える女官として送り込む。保元の乱へと転がり始める時代をダイナミックに描く！（内藤麻里子）
い-100-4

伊東　潤
修羅の都
この鎌倉に「武士の世」を創る！　頼朝と政子はともに手を携え、目的のため弟義経、叔父、息子、娘を犠牲にしながらも邁進していく。その修羅の果てに二人が見たものは……。（本郷和人）
い-100-5

宇江佐真理
名もなき日々を
髪結い伊三次捕物余話
伊三次の息子・伊与太が想いを寄せる幼馴染の不破茜は、奉公先の松前藩の若君から好意を持たれたことで藩の権力争いに巻き込まれていく。若者たちが転機を迎えるシリーズ第十三弾。
う-11-21

宇江佐真理
昨日のまこと、今日のうそ
髪結い伊三次捕物余話
病弱な松前藩のお世継に見初められ、側室になる決心をする茜。一方、伊与太は才気溢れる絵を描く弟弟子から批判されて己の才能に悩み、葛飾北斎のもとを訪ねる。（大矢博子）
う-11-22

宇江佐真理
竈河岸《へっついがし》
髪結い伊三次捕物余話
息子を授かって覚悟を決める不破龍之進。一方、貴重な絵の具を盗まれた伊与太はひとり江戸を離れる――デビュー以来二十年間、大切に書き継がれた傑作人情シリーズの最終巻。（杏）
う-11-23

宇江佐真理
神田堀八つ下がり
河岸の夕映え
御廐河岸、竈河岸、浜町河岸……。江戸情緒あふれる水端を舞台に、たゆたう人々の心を柔らかな筆致で描いた、著者十八番の人情噺。前作『おちゃっぴい』の後日談も交えて。（吉田伸子）
う-11-15

（　）内は解説者。品切の節はご容赦下さい。

植松三十里
繭と絆
富岡製糸場ものがたり

日本で最初の近代工場の誕生には、幕軍・彰義隊の上野での負け戦が関わっていた。日本を支えた富岡には隠された幕軍側の哀しい事情があった。世界遺産・富岡製糸場の誕生秘話。（田牧大和）

う-26-2

上田秀人
奏者番陰記録
遠謀

奏者番に取り立てられた水野備後守はさらなる出世を目指し、松平伊豆守に服従する。そんな折、由井正雪の乱が起こり、備後守はその裏にある驚くべき陰謀に巻き込まれていく。

う-34-1

海老沢泰久
無用庵隠居修行

出世に汲々とする武士たちに嫌気が差した直参旗本・日向半兵衛は「無用庵」で隠居暮らしを始めるが、彼の腕を見込んで、難事件が次々と持ち込まれる。涙と笑いありの痛快時代小説。

え-4-15

逢坂　剛・中　一弥　画
平蔵の首

深編笠を深くかぶり決して正体を見せぬ平蔵。その豪腕におののきながらも不逞に暗躍する盗賊たち。まったく新しくハードボイルドに蘇った長谷川平蔵もの六編。（対談・佐々木　譲）

お-13-16

逢坂　剛・中　一弥　画
平蔵狩り

父だという「本所のへいぞう」を探すために、京から下ってきた女絵師。この女は平蔵の娘なのか。ハードボイルドの調べで描く、新たなる鬼平の貌。吉川英治文学賞受賞。（対談・諸田玲子）

お-13-17

逢坂　剛・中　一弥　画
闇の平蔵

ひどい嵐の夜、酒問屋に押し込み強盗が入った。そんな折、「闇の平蔵」と名乗り役人を成敗処罰すると言う輩が現れた。逢坂剛が描く〈火付盗賊改・長谷川平蔵〉シリーズ第三弾。（対談・近藤文夫）

お-13-18

乙川優三郎
生きる

亡き藩主への忠誠を示す「追腹」を禁じられ、白眼視されながら生き続ける初老の武士。懊悩の果てに得る人間の強さを格調高く描いた感動の直木賞受賞作など、全三篇を収録。（縄田一男）

お-27-2

（　）内は解説者。品切の節はご容赦下さい。

奥山景布子
葵の残葉
尾張徳川の分家筋・高須に生まれた四兄弟はやがて尾張、一橋、会津、桑名を継いで維新と佐幕で対立する。歴史と家族の情が絡み合うもうひとつの幕末維新の物語。（内藤麻里子）
お-63-2

奥山景布子
音わざ吹き寄せ　音四郎稽古屋手控
元吉原に住む役者上がりの音四郎と妹お久。町衆に長唄を教えているが、怪我がもとで舞台を去った兄の事情を妹はまだ知らない。その上兄には人に明かせない秘密が……。（吉崎典子）
お-63-3

海音寺潮五郎
加藤清正（上下）
文治派石田三成、小西行長との宿命的な確執、大恩ある豊家危急存亡の苦悩――英雄豪傑の象徴のように伝えられるこの武将の鎧の内にあった人間の素顔を剔抉する傑作歴史長篇。
か-2-19

海音寺潮五郎
天と地と（全三冊）
戦国史上最も戦巧者であり、いまなお語り継がれる武将・上杉謙信。遠国の越後でなければ天下を取ったといわれた男の半生と、宿敵・武田信玄との数度に亘る川中島の合戦を活写する。
か-2-43

海音寺潮五郎
明智光秀をめぐる武将列伝
日本史上の武将たちの史実の姿に迫った大人気シリーズから、明智光秀とともに天下を競った武将たち、道三、信長、秀吉、家康らの評伝を集めた愛蔵版。
か-2-62

加藤　廣
信長の棺（上下）
消えた信長の遺骸、秀吉の中国大返し、桶狭間山の秘策――。丹波を訪れた太田牛一は、阿弥陀寺、本能寺、丹波を結ぶ〝闇の真相〟を知る。傑作長篇歴史ミステリー。（縄田一男）
か-39-1

加藤　廣
秀吉の枷（全三冊）
「覇王（信長）を討つべし！」竹中半兵衛が秀吉に授けた天下取りの秘策。異能集団〈山の民〉を伴い天下統一を成し遂げ、そして病に倒れるまでを描く加藤版『太閤記』。（雨宮由希夫）
か-39-3

（　）内は解説者。品切の節はご容赦下さい。

明智左馬助の恋　（上下）
加藤　廣
秀吉との出世争い、信長の横暴に耐える主君光秀を支える忠臣左馬助の胸にはある一途な決意があった。大ベストセラーとなった『信長の棺』『秀吉の枷』に続く本能寺三部作完結篇。
か-39-6

信長の血脈
加藤　廣
信長の傅役・平手政秀自害の真の原因は？　秀頼は淀殿の不倫で生まれた子？　島原の乱の黒幕は？　『信長の棺』のサイドストーリーともいうべき、スリリングな歴史ミステリー。
か-39-9

水軍遙かなり　（上下）
加藤　廣
瀬戸内の村上水軍より強いと言われた志摩の九鬼水軍の頭領・守隆。史料の徹底検討から浮かび上がる「ありえたかもしれない戦国時代後の日本」とは。　（千田嘉博）
か-39-10

利休の闇
加藤　廣
秀吉が利休に切腹を命じた理由は信長時代まで遡るものだった……。八十四歳の作家が膨大な史料を緻密に調べ、遂に真相をあぶりだす歴史ミステリー。
か-39-12

耳袋秘帖　眠れない凶四郎（一）
風野真知雄
妻が池の端の出合い茶屋で何者かに惨殺された。その現場に立ち会って以来南町奉行所の同心、土久呂凶四郎は不眠症に。見かねた奉行の根岸は彼を夜専門の定町回りに任命。江戸の闇を探る！
か-46-38

耳袋秘帖　眠れない凶四郎（二）
風野真知雄
妻を殺された土久呂凶四郎は、不眠症に悩まされながらも夜専門の同心として夜な夜な町を巡回する。静かな夜の江戸に蠢く怪しいものたち。奉行の根岸とともに事件を解決していく。
か-46-39

耳袋秘帖　眠れない凶四郎（三）
風野真知雄
妻・阿久里を殺害されたまま、いまだ手がかりすら摑めない凶四郎。不眠症もいまだ回復せず、今宵もまた、夜の江戸に巡回に出て妻殺害の真相に迫る！　犯人は果たして……。
か-46-40

（　）内は解説者。品切の節はご容赦下さい。

風野真知雄　耳袋秘帖　眠れない凶四郎（四）

妻殺害の難事件はほろ苦い結末ながらなんとか解決した。が、名奉行根岸の温情により、不眠症がいまだ治らない凶四郎は江戸の闇を今夜も巡る。今度の江戸に巣食う魔物は一体何か？

か-46-41

門井慶喜　ゆけ、おりょう

「世話のやける弟」のような男・坂本龍馬と結婚したおりょうは、酒を浴びるほど飲み、勝海舟と舌戦し、夫と共に軍艦に乗り長崎へ馬関へ！　自立した魂が輝く傑作長編。　（小日向えり）

か-48-7

梶　よう子　一朝の夢

朝顔栽培だけが生きがいで、荒っぽいことには無縁の同心・中根興三郎は、ある武家と知り合ったことから思いもよらぬ形で幕末の政情に巻き込まれる。松本清張賞受賞。　（細谷正充）

か-54-1

川越宗一　天地に燦たり

なぜ人は争い続けるのか――。日本、朝鮮、琉球。東アジア三か国を舞台に、侵略する者、される者それぞれの矜持を見事に描き切った歴史小説。第25回松本清張賞受賞作。　（川田未穂）

か-80-1

北方謙三　杖下《じょうか》に死す

剣豪・光武利之が、私塾を主宰する大塩平八郎の息子、格之助と出会ったとき、物語は動き始める。幕末前夜の商都・大坂を舞台に至高の剣と男の友情を描ききった歴史小説。　（末國善己）

き-7-10

木内　昇《のぼり》　茗荷谷の猫

茗荷谷の家で絵を描きあぐねる主婦。染井吉野を造った植木職人。画期的な黒焼を生み出さんとする若者。幕末から昭和にかけ各々の生を燃焼させた人々の痕跡を掬う名篇9作。（春日武彦）

き-33-1

木下昌輝　宇喜多の捨て嫁

戦国時代末期の備前国で宇喜多直家は、権謀術策を縦横無尽に駆使し、下克上の名をほしいままに成り上がっていった。腐臭漂う、希に見る傑作ピカレスク歴史小説遂に見参！

き-44-1

（　）内は解説者。品切の節はご容赦下さい。

木下昌輝
人魚ノ肉
八百比丘尼伝説が新撰組に降臨！　人魚の肉を食べた者は不老不死になるというが……舞台は幕末京都、坂本竜馬、沖田総司、斎藤一らを襲う不吉な最期。奇想の新撰組異聞。（島内景二）
き-44-2

木下昌輝
宇喜多の楽土
父・直家の跡を継ぎ、豊臣政権の中枢となった宇喜多秀家。関ヶ原で壊滅し、八丈島で長い生涯を閉じるまでを描き切った傑作長編。秀吉の寵愛を受けた秀才の姿とは……。（大西泰正）
き-44-3

木下昌輝・髙橋直樹・佐藤巖太郎・簑輪　諒
天野純希・村木　嵐・岩井三四二
戦国　番狂わせ七番勝負
戦国時代に起きた、島津義弘、織田信長、真田昌幸などの七つのストーリーを歴史小説界気鋭の作家たちが描く、想定外にして予測不能なスピード感溢れる傑作短編集。（内藤麻里子）
き-44-51

堺屋太一
豊臣秀長
ある補佐役の生涯　（上下）
豊臣秀吉の弟秀長は常に脇役に徹したまれにみる有能な補佐役であった。激動の戦国時代にあって天下人にのし上がる秀吉を支えた男の生涯を描いた異色の歴史長篇。（小林陽太郎）
さ-1-14

早乙女　貢
明智光秀
明智光秀は死なず！　山崎の合戦で生き延びた光秀は姿を僧侶に変え、いつしか徳川家康の側近として暗躍し、二人三脚で豊臣家を滅ぼし、幕府を開くのであった！（縄田一男）
さ-5-25

佐藤雅美
関所破り定次郎目籠のお練り
八州廻り桑山十兵衛
河童の六と、博奕打ちの定次郎。相州と上州。二人の関所破りを追いかけて十兵衛は東奔西走するが、二つの殺しは意外な展開に……。十兵衛は首尾よく彼らを捕えられるか？
さ-28-24

佐藤雅美
怪盗　桐山の藤兵衛の正体
八州廻り桑山十兵衛
消息を絶っていた盗賊「桐山の藤兵衛一味」。再び動き始めたのはなぜか。時代に翻弄される人々への、十兵衛の深い眼差しが胸を打つ。人気シリーズ最新作にして、最後の作品。
さ-28-26

（　）内は解説者。品切の節はご容赦下さい。

佐藤雅美
美女二万両強奪のからくり　縮尻鏡三郎
町会所から二万両が消えた！　前代未聞の事件は幕閣の醜聞に発展する。殺される証人、予測不能な展開。果たして鏡三郎たちは狡猾な事件の黒幕に迫れるか。縮尻鏡三郎シリーズ最新作。
さ-28-25

佐藤雅美
大君の通貨　幕末「円ドル」戦争
幕末、鎖国から開国へ変換した日本は否応なしに世界経済の渦に巻込まれていった。最初の為替レートはいかに設定されたのか。幕府崩壊の要因を経済的側面から描き新田次郎賞を受賞。
さ-28-7

酒見賢一
泣き虫弱虫諸葛孔明　第壱部
口喧嘩無敗を誇り、自分をいじめた相手には火計(放火)で恨みを晴らす、なんともイヤな子供だった諸葛孔明。新解釈にあふれ、無類に面白い酒見版「三国志」、待望の文庫化。（細谷正充）
さ-34-3

酒見賢一
泣き虫弱虫諸葛孔明　第弐部
酒見版「三国志」第2弾！　正史・演義を踏まえながら、スラップスティックなギャグをふんだんに織り込んだ異色作。第弐部は孔明出廬《しゅつろ》から長坂坡《ちょうはんは》の戦いまでが描かれます。（東　えりか）
さ-34-4

酒見賢一
泣き虫弱虫諸葛孔明　第参部
魏の曹操との「赤壁の戦い」を前に、呉と同盟を組まんとする劉備たち。だが、呉の指揮官周瑜は、孔明の宇宙的な変態的言動に殺意を抱いた。手に汗握る第参部！（市川淳一）
さ-34-6

酒見賢一
泣き虫弱虫諸葛孔明　第四部
赤壁の戦い後、劉備は湖南四郡に進出。だが、関羽、張飛が落命し、あの曹操が逝去。劉備本人も病床に。大立者が次々世を去る激動の巻。孔明、圧巻の「泣き」をご堪能あれ。（杜康　潤）
さ-34-7

酒見賢一
泣き虫弱虫諸葛孔明　第伍部
盟友を亡くし失意の孔明は、「出師の表」を上奏し、魏を倒すためついに北伐を開始する。蜀と魏が五丈原で対陣する時、孔明最後の奇策が炸裂する。酒見版「三国志」堂々完結。（稲泉　連）
さ-34-8